그래,
사랑이
하고 싶으시다고?

그래,
사랑이
하고 싶으시다고?

연애에 관한
여덟 가지
시선

박세미

배수연

안태운

이병철

정현우

최지인

홍지호

황유원

제철소

참으로 난해한 사랑

최근 공용어만 스물두 개인 나라를 여행하면서 새삼스레 떠올리게 되었다, 인간은 언어로써 서로 분리되고 합쳐진다는 사실을. 거기선 한 주(州)에서 쓰는 언어가 (그 주와 적대적인 역사를 가지고 있는) 바로 옆 주에서 쓰는 언어와 다른 경우가 비일비재했다. 그래서 내가 애써 외워 써먹은 인사말에 대한 대답이 종종 알 수 없는 적의의 눈빛으로 돌아오곤 했던 것.

이 책에 실린 시인들의 시를 읽으며 다시 한번 그때를 떠올린다. 모두가 한국어와 한글이라는 단 하나의 언어와 문자를 사용하는 시인들임에도 불구하고, 게다가 '연애'라는 동일한 테마로 모인 시들임에도 불구하고 다들 이렇게나 다른 목소리를 내고 있다니.

이 '다른' 목소리를 단지 '난해한' 목소리로 치부하고 바로 책을 덮어버리는 사람들도 있을 줄로 안다. 그들에게, 현대시가 어렵다는 것은 이미 통설이 되어버린 것 같으니. 그런 그들에게 되묻고 싶다. 그럼 연애는 쉬웠냐고, 또 한 사람을 사랑하는 일과 한 사람의 고유한 언어를 온전히 읽어내보려는 노력은 당신의 연애와 얼마나 다르냐고.

　시인들은 가장 내밀하고 고유한 문법을 지닌 사람들이다. 그런 이들의 시를 읽는 것만큼 사랑할 수 있는 능력을 (실전에서의 큰 상처 없이) 연습해보기 좋은 장도 드물 터. 물론 이 중에는 당신과 비교적 비슷한 문법을 지닌 시인도 있을 것이고, 그런 시인의 시는 분명 다른 시들보다 쉽게 읽힐 것이다. 동질감과 편안함을 느끼게 되는 것. 그것도 사랑이다. 그러나 우린 때로 자신과 정반대의 사람, 좀처럼 읽히지 않는 사람과도 사랑에 빠진다. 그것은 해석할 수 없어 위험한 기호들로 가득찬, 그러나 그렇기에 매일매일 다른 세상을 열어젖히는 기쁨을 안겨줄 기호들의 노다지! 안주하는 생활만을 이어나가는 건 얼마나 식상하고 따분한 일인지. 그러나 다행인 건, 완전히 똑같은 사람은 어디에도 없으며 인간은 종종 자기가 원하는 게 뭔지도 잘 모르는, 자신에게조차 늘 타인인 존재라는 사실.

　그렇게 잘 이해할 때보다는 어리둥절해할 때 시작되기도 하는 것들이 있다. 우린 잘 알 수 없음에 매혹되어 뭘 잘 모르면서도 안다고 감히 주장하며 감행해보기도 하고, 때로는 그런 식으로 상대방의 웃음과 마음을 얻게 되기도 한다. 그때 그게, 정말 무엇이었는지는 아주 먼 훗날, 우연한 계기를 통해서나 알게 될 것임에도 불구하고. 그러니 당신은 어느 때는 성공하고 어느 때는 실패하게 되리. 그러나 성공도 방심한 순간 실패가 되며, 실패는 다음 성공을 위해 필수 불가결한 초석이 된다. 그렇게 사랑을 놓지 않는 한, 아니 그보다는 사랑이 우리를 놓아주지 않는 한 가능해지는 일들이 있는 법.

한국에서 살고 있는 외국인들에게 이렇게 말한 적이 있다. "아니, 대체 이 나라 어디가 좋다고 여기 와 사는 거야?" 미운 구석이 너무나 많아도, 그럼에도 불구하고 거기 한번 살아볼 마음이 드는 것, 아니 그곳이 아니면 살 곳은 어디에도 없다고 확신하고야 마는 것. 그런 게 또 사랑인가 보다. 참으로 난해한 사랑.

이 책에 실린 시들이 쉽게 이해될 거라 말하진 않겠다. 어디 쉬운 사랑이 있던가? 특정 대상과의 사랑이 어떻게 발생하는지에 대해서는 누구도 정확히 알지 못한다. 사랑은 늘 노력의 도움을 필요로 하지만, 그렇다고 해서 사랑이 노력으로 시작되는 건 아니지 않은가. 사랑은 저절로 되는 것. 어쩔 수 없이, 아니 무슨 수를 써서라도 그곳으로 기어들어야만 직성이 풀리게끔 만드는 것. 거기서 헤어날 때는 좋든 싫든 분명 전과는 다른 사람이 되어 있을 텐데, 그건 언제나 찢어지게 기분 좋은 일이 아닐 수 없다.

당신, 이 책에 실린 시들 중 그런 감정에 빠지게 만들 시를 한 편이라도 만나게 되길 바라며.

2017년 3월
황유원

차 례 ────────────────────────

박세미

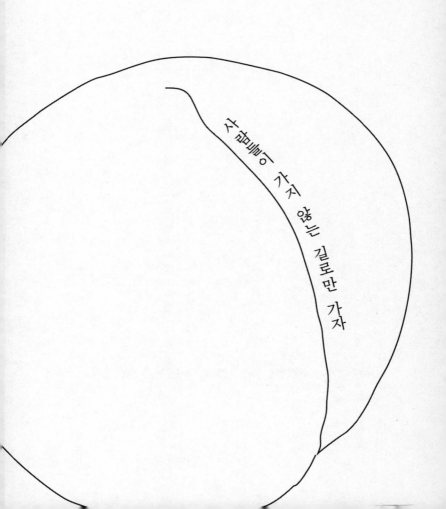

쉽게 가지 않는 길로만 가자

박세미는 1987년 서울에서 태어났다. 2014년 〈서울신문〉 신춘문예로 등단했다.

뜻밖의 먼

거울을 깬 적이 있지
누군가 불길한 징조라고 말해주었고
그날 이후 나는 그릇도 깨고 화병도 깨고
날카롭게 조각난 것들을 주우며
우연이라고 믿으며

긴 장마가 끝났어
숲의 입구에서 나는 나의 발을 한번 보았지
사람들이 가지 않는 길로만 가자
깊고 연약해 보이는 땅만 밟자
진흙 속으로 오른발이 쑥 빠질 때
내버려두자
더 깊이 빠뜨리며
기다리자
머리 위로 새똥이 떨어질 때까지
멀리서 거울을 깨뜨리는 소리가 들려올 때까지
무릎까지 차오른 진흙이
온몸을 뒤덮을 때까지

내게 가장 재수 없는 일은

당신이 내 이름을 계속 부르는 것일까
당신이 내 이름을 한 번도 부르지 않는 것일까

프로시니엄*

나는 아직 무대 위에 있다
막은 내려왔는데
코끼리도 그대로 있다
눈을 감아도 조명은 눈부신데
여기 없는 것은
커튼콜

어쩔 수 없다는 듯 새어나가는
빛과 나와 코끼리

텅 빈 검은 허공이
쩌렁쩌렁 울리는 목소리의 맞은편이듯

다시, 긴 공연을 시작한다
코끼리를 움직이기 위해
나는 점점 고조되었다가 점점 무심해지고
무릎과 얼굴이 맞은편인 것처럼

넘어갈 수 없는 곳에 넘어가기 위해서
즉흥적인 이야기를 하고

무대의 끝에서 끝까지 뛰어다니고
순진하고 수줍은 자세로 발꿈치를 높이 들고서

코끼리를 보낸다
맞은편으로

* 무대와 객석 사이의 뚫려 있는 벽.

중정

빈 뜰을 보았다

뻥 뚫린
주택의 한가운데
빛이 담기고 흰 구름이 담기고
가끔 내가 담겼다

투명한 기둥이
가득 찬 구멍이 될 때

고개를 젖히고 두 눈을 감을 수 있다
가만히

슬픔이 깃든다

내 집엔 함부로 들락거렸지만
내 뜰은 절대 침범할 수 없다고 말할 때

두 손으로 얼굴을 감쌀 수 있다
조용히

웃는 입

해가 떠나고 새가 떠나고
가끔 내가 떠났다

뜰을 비운다

중정의 한가운데
좁고 높은 어항을 하나 놓고서
기다린다 호우를

아가미는 생기지 않았고
젖은 내가 쏟아져 나왔다
가장 사적인 순간에, 가끔

타워

고양이 울음소리를 낼 수 있게 되어서
2층

소리가 나지 않는 방은 몇 층입니까
라고 묻는다면, 아직 우는 여자

　몸속에 여러 모양의 추들이 굴러다니고 부딪치고 열이 나
기 시작하면 8층에서 9층 사이 계단이다

숨이 차오르면
녹슨 쇳덩이 냄새를 입에 물고
목을 길게 늘이는 연습을 하고
엘리베이터의 버튼은 누르지 않는다

소리가 닿지 않는 방은 몇 층입니까
라고 묻는다면, 아직도 우는 여자

얼굴에는 하나의 화면이 나타났다가
두 개의 장면이 겹쳐졌다가
함께 희미해지는 얼굴

99층의 새벽
더 깊은 곳으로 올라간다
끔벅이지 않는 물고기의 눈을 가지고

입구의 방식은
우는 여자가 우는 이유를 잃어버려도
솟아오르는 것뿐
무너지는 것은 꼭대기의 방식

여자의 머리카락이 자유로울 때
내려다보이는 세계는 아직도 울지 않는다

미미*

내 침대는 어디 있나요, 그녀는 물었고
한 남자가 자신을 따라오라고 했다

남자의 그림자 속으로 그녀의 그림자가 들어가고
짙어진 부분은 쉽게 뜨거워졌다
그림자의 교집합이 사라질 때
그녀는 자신의 맨발을 쳐다보았다

여자는 기울어졌다
금방 쓰러질 것처럼
금방 일어설 것처럼
그대로 멈춰서 그 기울기를 사랑했다

당신도 총소리가 들리나요, 그녀는 물었고
남자는 대답 없이 사라졌다

총알은 기울어진 여자의
오른쪽 귀에서 왼쪽 귀로
빠져나갔다 텅 빈 정적을 받아들였다

가로등 아래에서 여자는
자주 기우뚱거린다 몸과 그림자가 만드는
가장 달콤한 각도를 찾기 위해

몸은 쉽게 그림자와 만나지 않는다

엎질러진 물 잔을 쳐다보다가
아무도 모르는 웃음소리를 낸다 여자는

* 영화 〈비터 문〉의 여주인공, 마론 인형, 일본어로 귀(みみ).

데칼코마니

하나라고 여겼던 심장이 두 갈래로 벌어지던 저녁이 있었고 2인분의 생을 사는 1인분이 되었고 예고 없이 폭설이 왔고 심장 하나를 떼어내 움켜쥐고 눈 위에 팡팡 두드렸고 1인분의 기억이 사라졌고 나머지 심장 하나가 뜨거운 혈액을 온몸으로 푹푹 내보냈고 둘이라고 여겼던 심장이 하나로 뭉개지던 그날만이 남았고…

배수연

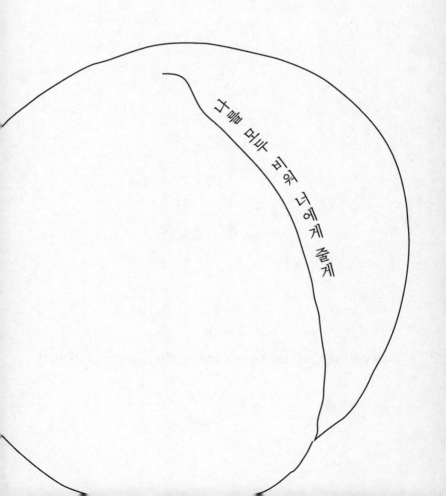

그때 머리 비워 너에게 줄게

배수연은 1984년 제주에서 태어났다. 2013년 《시인수첩》 신인상으로 등단했다.

여름의 집
—Everything[*]

여름의 집, 여름의 집
대문을 열면 코끼리 울음을 길게 우는 푸른 경첩
모든 게 우리 거야

여름의 밤, 여름의 밤
식탁의 초들이 흰 여우처럼 목을 위로 길게 빼는
아아
여름의 밤, 여름의 밤

너는 내 모든 거야
아브라함의 별처럼 미래의 편지들은 모두 너를 위해 쓰이고
우리는 자손이 없어도 행복하지

나를 모두 비워 너에게 줄게
아무리 비워도 허전하지 않고
나를 다 받고도 너는
나를 닮진 않지
너는 결국 우리의 마지막 페이지를 숨겨놓았지만

우우우우

원숭이들은
밤하늘을 보고 아름다움을 알까
원숭이들은 서로의 목덜미에
불을 가져다 대는 놀라움과 슬픔을 알까

여름밤의 폭죽을 봐
울음이 결국 우주의 먼지가 되는 것을
별들은 폭죽에 눈이 멀어
검은 화약 덩어리가 되었어
너의 목에 떨어진 불덩이를
장마는 처마에서 기다리고

나는 밤새 장마를 받아 적어
넌 내 모든 거야 내 꿈이야
아무리 크게 읽어도
너는 빗소리밖에 듣질 못하고

그래도 상관없지

너는 나의 모든 것

여름의 더위와 부패 속에서
나뭇잎들은 잎맥을 열어
초록을 흘리는
여름의 집, 여름의 집

* 검정치마의 〈Everything〉에서 영감을 얻어 일부 가사를 인용함.

조이와의 키스

*

조이의 어금니 중 하나는 박하사탕일 것이다
나는 늘 그 안쪽을 열심히 핥아주고 싶었다
조이네 집 아치 위로 무거워지는 장미
조이는 아침으로 무엇을 먹을까

*

나는 조이네 집 뒤에 서서 팔목을 흔드는 널린 이불
피로해진 그 애가 눈을 감으면 비밀이 눈뜨는 오후의 티타임
졸린 조이는 테이블 위로 홍차를 쏟을 것이다
테이블보는 내 옆에 널릴 것이고 나와 태양은 숨은 얼룩을 다시 찾아낼 것이다

*

자주 물구나무를 서는 조이
다리 사이로 발목을 감싸는 매끄러운 얼굴
거꾸로 선 사이 신발 위로 구름처럼 흘러갔을 조이의 유년
나는 기억나지 않는 꿈속에서도 늘 그 시간을 베껴 그렸다

*

오늘 조이의 눈은 새 자전거처럼 현관에 기대어 있다

*

분명 키스를 아껴두었을 조이

조이의 첫 키스는 아치 위로 핀 장미 꽃잎을 모두 떨어뜨릴 것이다

그날이 다가오면 나는 빨랫줄에서 내려와 무척 하얄 것이고 조금은 지쳐 있을 것이다

우리의 키스는 조이가 매일 쏟았던 홍차의 테두리를 더 진하게, 진하게 그려줄 것이다

조이와는 틀림없이 그럴 것이다

조이와의 여행

조이와 나는 떠나기 전날 염소 가죽 주머니에 빛이 터지는 포도 알갱이를 잔뜩 싸두었다 쓰러진 호두나무 테이블 굽이치는 나뭇결 위로 배를 띄우면 남부에서 북부로, 북부에서 서부로 가는 가장 빠른 길! 팔뚝이 아프면 해를 보고 포도알을 먹었다 내가 키를 잡으면 노래를 해주는 조이 콘센트 구멍 같은 눈을 깜빡이는 예쁜 조이 바퀴벌레가 많은 여관에서는 용감해지는 주문을 외워볼래? 네가 쓰고 개어놓은 반듯한 수건을 보면 내 구겨진 속옷이 부끄러워 어젯밤에 나는 포도알에 네 얼굴을 새겨 세상에서 제일 작은 스테인드글라스 잔을 만들었지 딱딱하게 굽은 새끼손가락으로 오팔의 빛나는 약속을 하는 나의 조이 나는 새겨놓은 잔을 주머니에 숨기고 조이의 굽은 손가락을 작은 지팡이처럼 걸어 잡은 채 한낮이 지나도록 앉아 있었다

생일

허리가 긴 밤
여기 그 밤의 다리가 있어요

긴 다리는 엎드려
여기 다리로 된 다리가 있어요

다리 밑에서
누가 나를 주웠다고
소문낸 자 수소문해보세요

다리 밑에 생긴 그늘을
"누가 내 그림자 뒤에 붙여놨어?"
나는 칠판에 크게 써놓고

강아지처럼 몸을 털어
네가 그걸 봤을까 봐

가로등을 장대처럼 휘어
다리 위로 점프해요

우리는 약속했지
다리 아래에는 집을 짓지 말자
그 아래 부는 바람에 이를 보이지 말자

허리가 긴 밤
그 밤의 다리가 여기 있어요

다리는 다리의 그늘로
종일 딱 한 번의 줄넘기를 한다는

우리는 자라서 매년
그 소문을 기억할까

틱

무릎을 맞추며 우리는 무릎을 맞추며

당나귀들이 구멍 난 양말을 뒤집어

뭉툭한 코를 맞대듯이

미끄러지며 우리는 미끄러지며

팔이 없나요, Hal? 바닥에 기름을 더 부어요

그렇다면 나도 굽힐 팔이 없어서 그냥, 무릎만 있어서

미꾸라지가 겨드랑이로 거품을 내듯

까만 기름 거품

아 그건 너무 Thick하고, 아 그건 입구가 좁은 유리병 입구
처럼 뻑 하고 터지고—

무릎을 맞추며 무릎을 맞추며

우리는 머나먼 반대편에서 달려오다 그만 미끄러지고 분질
러졌지

그렇다면 무릎을 꿇은 채 한 번도 다리를 펴보지 못한 'ㄹ'
처럼

동굴벽화에서 조상을 만난 개처럼

무릎을 맞추며 꼬옥 무릎을 맞추며

이따금 서로에게서 얼굴을 찾을까 봐

아 그건 너무 Thick하고 너무 작은 유리병의 똥구멍처럼
생겼을까 봐

징그러워하고 징그러워하며

유나의 맛

유나는 매일 그림을 그리던 손으로 저녁을 한다 그림도 잘
하고 음식도 잘하고 잘한다 잘한다 하니까 설산을 그리고 시
금치를 무치고 새를 그리고 두부를 썬다 손은 늘 더러웠는데
목탄이나 잉크가 묻어서인지 파 뿌리나 오징어를 다듬어서인
지는 알 수 없었다 우리는 작업실 의자에 오래된 화판을 얹어
밥을 차려 먹었다 시장에 새로 생긴 황금통닭집 타일은 전부
샛노랗더라? 나는 유나 밥을 밀어 넣으며 말했다 네가 그린
그림 팔아서 치킨 사 먹을까? 이 말은 하지 않았다 유나가 종
일 매달린 그림을 먹는 일과 김 나는 밥을 그리는 일과 유나가
캔버스를 삶고 물감을 굽고 기름을 바르고 커튼을 담그고 앵
무새를 튀기고 촛불에 양념장을 칠하는 그런 시간은 소중하지
아무렴 하지만 여기는 확실한 세상이고 노란색 타일의 선택은
확실히 확실하긴 해 나는 생각했다

안태운

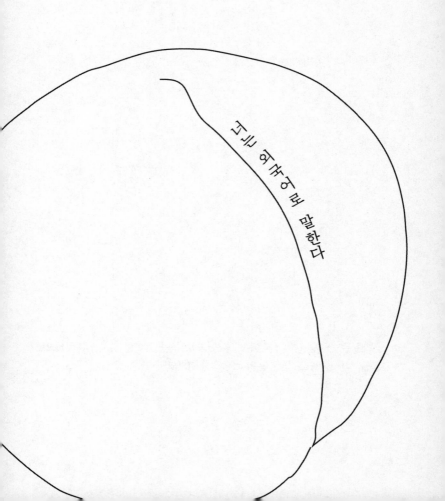

깊고 흰 언어로 말한다

안태운은 1986년 전북 전주에서 태어났다. 2014년 《문예중앙》 신인문학상으로 등단했다. 시집으로 『감은 눈이 내 얼굴을』이 있다.

연안으로

연안으로 가봅시다 연안으로 밀려오는 너를 보러 나는 연안으로 건너가봅니다 너를 마주한 나를 만나러 연안으로 나를 흘러가봅니다 네게 잠들기 직전이라고 말해주러

그런 내게 너는 물을 밀고 땅을 밀었다고 합니다 밀다가 놓쳤다고 합니다 밀려오는 중에 갈 곳을 잃었다고 합니다 나는 그런 네게 사이가 사라졌다고 말합니다 멀어져서

너무 멀어져버렸다고 그러니 나를 흘러가라고 말합니다 너는 의아한 표정으로 내가 잠들어 있다고 말합니다

베네수엘라어

너는 외국어로 말한다 아무런 뜻처럼 나는 외국어로 대답
하고 너는 풍겨온다 나는 부분을 건너뛴다 노래하듯이 차양
밖으로 눈이 흩날린다 외국어처럼 너는 내게 어질러져 있다
혀를 품듯이 그러나 혀를 포기하고 말은 먼 방향으로 진행된
다 눈처럼 흩어진다 외국어를 하듯이 무언가 이월되는 기분이
지속된다 나는 말을 할수록 그것을 잃어버리고 그러면 당신은
자주 고개를 끄덕입니다 윗입술이 아랫입술을 지피자 눈이 녹
아들었다

그것에 누가 냄새를 지었나

숲을 심자 숲이 번성했다
그사이 너는 걷는다
나무를 베어내며 나무라고 발음한다
냄새는 죽고 너는 서서히 품고 있다
여름을 지나친다
너는 망연하고
너는 흩어지고 있다
베어진 빈 공간에서
그사이 대상 없는 냄새가 풍기기 시작한다
너는 냄새라고 발음하지 않는다
너는 심증으로만 숲을 깨닫고
주위를 돌고 있다 냄새를 달래면서
너는 각별해진다
너는 이름을 모른다
너는 습하고
너는 기다리고 있다
너는 너와 연관 없는 냄새로 지낼 겁니다
너는 짙어진다 비 온 후처럼
숲을 견딘다

공백

그는 썼다. 쓰고 있었다. 흩날리는 숲에 대해서. 숲속에서 마주쳤던 야한 것들에 대해서. 쓰지 않을 때에도 그러나 대부분 쓰고 있는 상태였고 그는 쓴다. 아무것도 모르는 채로. 우체부가 앰뷸런스를 몰고 숲으로 들어가는 사태에 대하여. 혹은 냄새에 대하여 쓴다. 무슨 냄새라 이름 불리기 이전의 냄새에 대하여. 영영 모를 것 같은 기분으로. 냄새의 그림자에 대하여. 그것이 숲을 방치하고 있다는 생각으로 그는 쓰고 있다. 이제 그는 다 쓴 종이를 들고 간다. 건물 앞에서 그녀를 만나기 위해 걸었고 그녀와 만나고 있다. 이건 당신의 것입니다. 그녀는 그걸 받는다. 고개를 든다. 서로 웃는다. 그녀는 거리를 건너간다. 그는 거리를 지나친다. 밤이 거칠다고 생각한다. 화사하다고 생각한다. 그러면서 집으로 가고 있다. 그 밤 그녀는 읽는다. 거리에는 둘 다 없다. 그녀는 되풀이해서 읽는다. 단어들을 보며 그걸로 자신을 이루어내려 한다. 그리고 그 밤 그는 다시 쓴다. 이제는 그녀에 대해 쓰고 있다. 그녀의 슬픔에 대하여 혹은 인상에 대하여. 그녀가 흩어지는 방식에 대해서 쓴다. 그는 다시 쓰고 그 밤 그녀는 읽었다. 그것이 자신과 연관되어 있다고 느낀다. 느끼고 있다. 그 밤 그는 자욱하게 쓰고 있었다. 이제 그는 또 간다. 밤에 쓴 것을 가지고 간다. 그녀도 갑니다. 만나러 가야 한다. 건물 앞에서 만날 수 있었다. 아름다운 시인 것 같습니다. 그녀는 읽었던 것에 대해 말하고 있다, 서서히. 시에서 그게 자신일지도 모른다고. 흩어지고 있다고. 그러나 짙어질 거라고. 그녀는 말하고 그는 종이를 가만히 들고 있다. 그는 기쁘고 이상하다. 이상하고 습하다, 숲속에 있는 것처럼. 그는 자신이 들고 온 종이를 바라본다. 보고 있다. 종이 뒷면에 빛이 여과되는 걸 감지한다. 그런 것처럼 보인다. 그녀가 안 보인다. 거리에는 아무도 없다. 종이에서 무슨 냄새가 났다.

동공

당신은 동공으로 우리의 거리를 나타냅니까
동공의 검은빛이 붉은 실을 당겨 눈꺼풀을 덮을 때
눈은 차츰 저물어갑니다
동공이 당신을 구체적으로 모색하는 시간입니다
하루가 목욕하고 있습니다
비가 거리를 앗아갈 때까지
그 사이 당신의 종아리에 커튼의 음영을 그려 넣습니다
감지되는 나와 지향하는 나는 한 몸에서 서로를 시늉하고
있습니다
붉은 실은 헝클어지고
나의 각성은 당신의 반경 내에서 묘연합니다
내 정체를 보여주겠습니다, 당신이
사라졌음을 증명해 보인다면
그 동공이

피서

마찰하는 것에는 보풀이 일었다 자주 스위치를 껐다 켰고
비누에는 균열이 생겼다 비나 내렸으면 그러나 햇빛이 부서져
내렸다 파이프는 계속 뼈 소리를 냈고 하늘에는 버짐이 피어
나고 있었다 너는 비틀어진 선로였다 그러니 이탈할 것 여러
번 다짐을 했고 면벽했다 여분의 무게로 나무는 흔들리고 있
었다 무언가 자주 간섭했고 그러나 그것이 쉽게 떠오르지 않
았다 출구가 전환되고 있었다 청과점 앞에는 아지랑이가 오래
정체했다 네 동공은 우주 같았고 그러나 빈 우주에서 나는 독
백하는 배역을 맡았다 또 한 편의 여름이 재생되었다 나는 일
상을 적지 않았다

이병철

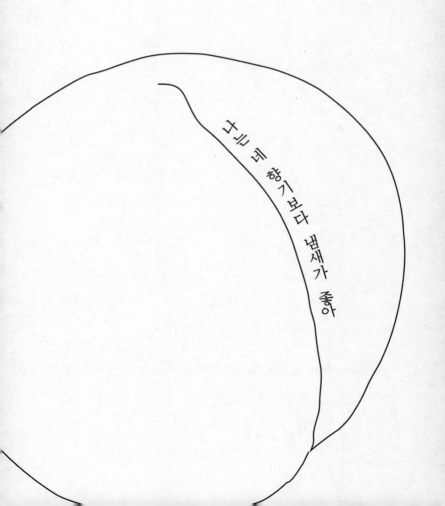

그대의 향기보다 냄새가 좋아

이병철은 1984년 서울에서 태어났다. 2014년 《시인수첩》 신인상으로 등단했다.

장마 냄새

비가 입술 위에 쏟아지고 입술의 빨강과 비의 무채색이 더 듬더듬 끊어지는 네 말에 쏟아질 때 나는 우산을 펴겠지 구름 이 없는 하늘을, 젖지 않는 머리카락을, 촛불 백 개를 켠 고해 소를, 힘없는 무릎을 우산 속으로 데려올 거야 우산 속 어제로 우산 바깥의 내일을 밀어내는 나는 가시 돋은 식물

흙물 흐르는 골목에 엎드리면 네가 사는 지붕까지 기어갈 수 있어 빗속에 숨은 발꿈치를 들을 수 있어 네 몸의 장마 냄 새를 맡을 수 있어 소리에서 냄새로, 냄새에서 예감으로, 예감 에서 육체로 부글거리는, 오래 참은 말들이 이룬 한낮의 폭우

식물은 빗속에서 동물이 된다 눈으로, 귀로, 셔츠와 속옷으 로 흘러드는 비를 마시며, 움직일 수 없는 몸으로 움직이는 뿌 리의 수평, 꽃을 잃고 색을 잃은 진딧물들이 소름 돋는데, 몸 을 둥글게 꺾으면 뱀과 넝쿨 중 어느 쪽이 더 슬플까

둥근 등뼈와 어깨의 비대칭, 작고 예쁜 젖가슴…… 우리가 뒤엉켰다가 풀어진 자리에 곡선의 시절을 기억하지 못하는 비 가 수직으로 내리꽂힌다

얇은 살갗 하나 뚫지 못하면서 너는, 식물의 심장까지 어떻게 바늘을 밀어 넣은 거니

비가 아파서 우산을 펴는 사람이 있다

오늘의 냄새

냄새와 함께 저녁을 걸었다. 낮이 화창하면 저녁은 냄새로 우글거린다. 오늘의 냄새는 쇠고기 스튜, 까르미네르 와인, 음식물 쓰레기, 별, 키스, 생리혈, 오이 비누. 냄새가 모인 골목에 아이들이 뛰어놀고, 냄새를 못 맡는 노인들은 스스로 냄새가 되어 흩어지고 있었다. 냄새가 사라지면 다른 냄새가 나고 냄새를 맡은 파리들이 날아오면 냄새를 깨뜨리는 새가 푸덕였다 냄새는 눈으로 보는 것인지 귀로 듣는 것인지. 익숙한 냄새를 기억할 뿐 코는 냄새를 감각하지 못한다 냄새는 계속 모습을 바꾸고 나는 너에게 냄새에 젖지 않은 숨을 주었다. 키 큰 냄새와 키 작은 냄새, 뚱뚱한 냄새와 마른 냄새 사이로 아까시가 우유처럼 엎질러졌다. 냄새와 향기는 어떻게 다르지? 진동하는 것은 냄새 스며드는 것은 향기. 미간을 누르는 냄새 입술 위에 내려앉는 향기. 냄새는 향기를 흉내 내고 향기는 어쩔 수 없이 냄새가 된다. 나는 네 향기보다 냄새가 좋아. 향기가 날아간 자리에 냄새와 냄새가 개처럼 엎드렸다. 냄새는 냄새를 낳고, 냄새는 냄새를 죽이고, 냄새에 속하지 않는 냄새들이 우리 사이에서 피어날 때 음식물 쓰레기가 된 쇠고기 스튜와 키스가 된 까르미네르 와인과 오이 비누에 씻겨나간 생리혈 위로 별빛이 냄새났다. 너한테서 내가 모르는 냄새가 난다. 모르는 냄새가 나기 시작하면 우리는 코와 새끼발가락만큼 멀어질 거야. 너는 발을 코에 갖다 대며 웃었다. 웃음소리가 잦아들자 아무 냄새도 나지 않았다. 우리는 한참 말이 없었다. 이미 죽은 땀 냄새 살냄새가 우리의 마음이야. 창문을 열자 새벽이 무거운 냄새의 몸을 방 안으로 밀어 넣었다. 냄새가 나지 않는 사람은 귀신, 서로의 냄새가 너무 익숙한 우리는 귀신처럼 새벽을 걸었다. 손을 잡아도 손이 없고 어깨를 빌려줘도 머리가 없는.

불과 빨강과 뱀

입속에서 몇 번, 계절이 바뀌어

네가 늦봄을 내밀 때
나는 꽃잎에 덮인 꿀벌들의 소로와
벼랑 틈 숨은 폭포를 몰래 감춘다

우리는 속으로만 스며드는 핏물을 붙잡고
선지 덩어리로 굳어지는 중이야
아니, 은밀한 배꼽까지 활짝 열고
진공상태의 죽음을 듣고 있는지도 모르지

혀끝의 여름, 혀끝의 겨울
어느 계절을 가장 좋아해?
나는 모퉁이들로 우글거리는 마을이 될 거야
불붙은 얼음들이 떠다니는 테트리스도 좋고

그건 그렇고, 너는 정말 달다

이빨 사이마다 체온계가 꽂혀 있어
우리는 이제 전염병 창궐한 격리병동이야

비린내 나는 해동 생선이야
달라붙어 떨어지지 않는 흉한 점괘야

서로가 도망 못 가게 불과 빨강과 뱀으로
묶어도 묶어도 아름다운 음악처럼 풀어져버리고
계절이 바뀌어도 도깨비 뿔 같은 종유석만 밀어 올리는

우리는 서로 입 벌린 무덤이 되어
하루 종일 먹고 뱉고 먹고 뱉고
삼키지도 못하면서 죽었다가 부활하는
장난, 목구멍 타들어가는 불장난만 하면서

이것은 축제의 냄새였다

그 여름에 이것은 축제의 냄새였다

나와 당신의 체취를 지우며
우리를 떨기나무숲으로 데려간

벌레들은 높은 허공에서 내장이 터져 죽고
죽은 짐승은 당신 목덜미와 동색(同色)이 되었다
멀리서 강물이 흘렀고, 강물보다 깊게 젖은 몸이
불꽃에 향기롭게 타들어갔다

술과 입술이 엎질러지자
축제의 냄새, 머리카락에 스며든 훈연이
자루 속 뱀들처럼 뒤엉켜 더운 구름이 되었다
구름과 구름 사이로 번개가 칠 때
아직 태어나지 않은 아이 울음소리를 들었다

이것은 분명한 축제의 냄새
회색으로 부푸는 구름들
구름은 다른 세상의 은유, 없는 당신의 웃음소리가 들린다

세상의 모든 냄새를 지우며
나를 번제단에 눕히는 회색 연기

눈 뜨고 입 벌린 채, 나는 타들어간다

사람은 가장 행복했던 시절의 이불을 덮고 죽는다

여름 강은 늑대처럼

강바닥이 얼굴을 잡아당긴다
돌에 붙은 다슬기들이 꼬마전구를 켠다
나는 물속에서만 얼굴이 환한 사람
불어나서 흐물거리는 내일의 표정

젖은 눈썹은 물고기의 편식 습관이 되고
나는 물속에서 흐르지 않는 것들의 수수께끼가 된다
머리칼이 새벽을 갉아먹는 동안
지문 없는 손가락으로 어루만지는 초록 곰팡이
맑게 반짝이던 앞니, 덜 마른 빨래의 섬유 유연제 냄새

나는 가라앉고 오랫동안 나였던 굽은 자세가 떠오른다
아무리 흘러도 닿을 수 없던 귓속말에 사이렌이 울린다
신발 좀 벗겨줘, 발가락들을 버리고 싶어
세상은 벌써 필라멘트 꺾은 폐전구야

강은 물과 돌이 아니라
끈적거리는 침과 이빨
송곳니, 송곳니, 부러뜨릴 수 없는 흐름

날카로운 이빨들이 내 여름을,
내가 살 수 없던 시간을 뜯어먹는다

은빛으로 우는 짐승은 모르는 꿈으로 나를 데려가고

神化

썩은 올리브 같은 청동 덩어리, 라고 말했다 갈변한 파도의 무의식이 청동을 좀먹고 있었다 성기는 결코 중력을 이길 수 없다 커다란 복근과 성기의 왜소는 아름다운 비례, 온도를 가지지 못한 사타구니에서 쇠비린내가 났다 바닷가재 한 마리 옮겨올 수 없는 무릎 앞에서 둥근 눈들이 푸르스름한 냄새를 떠 담았다 음 소거된 신화는 감각으로 편입되는 것일까 포세이돈은 차갑다 단단하다 쇳내가 난다 장소를 잃어버려 그 자신이 장소가 된 기분을 설명할 수 없겠지 녹슬어 끈적거리는 대낮을 핥아먹으러 저녁이 왔고 이오니아식 농담들이 회랑 사이로 넘실거렸다 텅 빈 눈 속에 남루한 빛이 고이는 것 같았다 아무도 없음을 확인하고 우리는 팔다리를 벌려 흉내 냈다 나는 복근이 없었지만 발기했다 크게 웃는 소리와 어디에도 입힐 수 없는 오래된 이미지만 남았다 포크를 떠올린 건 배가 고파서였다 폐장 시간이었다

정현우

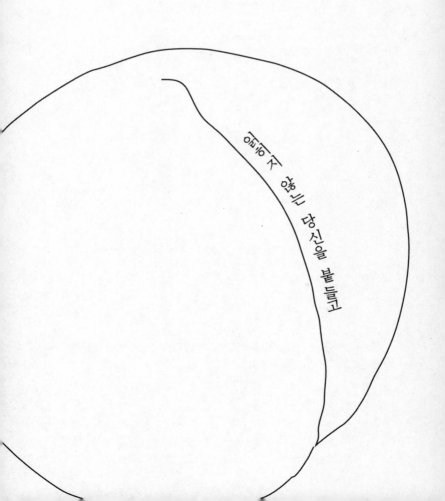

잠들지 않는 당신을 붙들고

정현우는 1986년 경기 평택에서 태어났다. 2015년 〈조선일보〉 신춘문예로 등단했다.

휴일의 말

*

책상 위, 물고기의 말들이 투명하다

네모난 꿈을 꾸었다
종이들이 이어지는 밤에는 꽃들의 말이 젖어 있다

너의 침대 속, 늪으로 가는 해변이 있고
꽃들의 말들은 알 수 없어
찢어진 것들을 구름 위에 올려놓는다
한 잎, 떨어지는 입술의 말들
사막을 건너는 여우꼬리 같은 것들이
씨앗으로 터지는 낮

*

수면 위로 반사된 은유, 겨울
연못엔 얼어 있는 말들이 남았거나
물고기의 말,
들이 이어진 곳으로
물고기의 말이 너의 창가로 떠올랐는지
콩나물이 자란 만큼 이르렀는지

나방의 말은 축문처럼 쌓여 있다

떠났거나 생각지 않는 안부들을 묻지 않았다
달리는 달의 말,
누군가 새겨놓은 말발굽들
말들이 아득해지는 밤에는
잠시 쉬었다 가야지,

그래 아름다운 네가 생각나면,
사슴의 뿔 곁,
남은 잔가지들을 모아보곤 했지,

언어와 인어 사이,
새벽이 내리고
걷지 못하는 말들을 접어놓는다

유리의 크레아*

유리 요새 외각에서 여자는 발견되었다.
온몸은 유리로 되어 있었다.
햇살이 그녀의 몸을 비추자
통과되는 빛들 사이로
끝없이 펼쳐지는 백야행

물고기의 눈에서 자라는 유리의 감정
유리가 흐르는 강,
인어의 꼬리들이 떨리는 길목,
기차가 지나면 유일한 유리, 우리
의 수천 개 눈동자가 유리처럼 빛날 때,
악몽은 꿈이 될 수 있니.
혈흔이 아름다워질 수 있니.
깨어지지 않는 슬픔을 버티는 것
너의 어두운 섬을 거두어간다.
겨울이 녹으면, 남은 유리체
그 섬 둘.

인간이 되고 싶니,
심해 속 치는 눈보라들이

너를 얼어붙게 할 거야.
소녀가 어른이 된다는 것
심장이 유리가 될 때까지,
숨이 멎기 직전의,
죽은 물고기 떼를 기다려야 하는 시간.

통과하는 것들을 모르는 시간.
통과하지 않는 것들을 견뎌야 하는 시간.
어김없이 뒤따라오는
차가운 유리 나무들.

* 유리로 만들어진 기계 인간.

선

타일과 타인 사이
우리는 운동화 끈을 고쳐 맨다.
비가 내렸고
전선줄이 하늘을 뒤덮었다.

창밖, 빗금 치는 빗줄기들.
나는 생선의 배를 가르고
생선의 뼈마디가 기찻길 같아서
목으로 걸리는 몇 개의 선들,
오래된 속도를 생각한다.
우리가 엄지를 감당하지 못할 때
집게손가락으로 잡지 못하는 선들을 떠올리며
일정한 경계선을 따라
선을 맞대지 않고 달렸다.
선이 선을 앞지르고
차로는 언제나 반대 방향일 것.
그렇게 배워야 할 것.

놀이터 앞에서 돌아가는 팽이를 보곤,
역주행하는 별들을 본 적 있지

두 눈을 감으면

자전하지 못하는 선들 몇 개,

나는 죽은 사람,

죽어본 적 있냐고 나무가 물었다.

나의 바깥을 잘라내는 일은 어제의 날씨처럼

나뭇가지는 선, 나뭇잎은 선이거나 점.

선에서 선으로 가는 경계가

희미해질 때,

나무에겐 무표정한 직선이 어렵다.

우주의 점들 몇 개,

꽃잎 몇 장 떨어진 일처럼

다시 이어질 수 없는 선들,

새들은 둥글게 곡선을 날아오른다.

그것은 덜 자란

나의 눈썹들,

선으로 남아 있는 나무들이

써지지 않는 손 글씨를 떨구고

너는 나무의 자세로 앉아

낮아지는 선들을 생각한다.

선 하나로 무엇이든 그릴 수 있다,
고 생각하다
넘기지 못한 선처럼
쿵,
책장이 넘어진다.

손금

만남은 손금과 같은 것이어서 네가 자라난 가지들과 내가
자란 가지들은 다르게 써진다.

손금 속에 나무가 자란다.

손금이 온전히 자라기까지
들렀다 가는 새들은
서걱, 서걱
메마른 과녁에서 흔들린다.
쌀통을 엎었는지 눈송이들이 가지마다 걸리고
쌓이는 계절 앞에서 머물다 가는 사람들.
우리의 손금은 어디를 향하고 있는지
맞닿지 않는 포물선을 그리다
너의 손금과 내 손금이 닿을 때
가시처럼 튀어나와 잎 하나
틔우지 못하는 통점들.
헤어짐은 골목을 일으켜 세우고
겨울에서 미끄러져 진다.
괴로움에 익숙한 벌레들이
손바닥 위로 깨진 거울을 읽고

우르르 몰려간다.
내게 오던 사람들은
조가비처럼 쓸려가
어느 겨울 눈송이로 흩날리고

손금이 깊어질수록
새들은 잠들지 못한다
그림자들이 매달리는 겨울을 무너뜨린다.

만남이란 때론 보이지 않던
손금이 어느 날 보일 때
금 간 손바닥을
천천히 맞추어보는 것.

달을 물고 온 새들이
당신이 띄어 쓴 것처럼 앉는다.
내 반달을 심어주는 날
우리는 어두워진 것들을 심는다.
사랑했다 미워했다 내리는, 날리는, 울부짖는,
웅덩이가 빗길을 밀어내고
부러진 가지들이 반짝이고 있다.

소멸하는 밤

깨진 거울은 나무가 되고
낮은 곳에서 시작되는 것,
지켜내지 못한 것들이
그, 밤으로부터 구부러집니다.

잠들이 무너지는 밤
당신을 옆을 지키지 못한 3일 동안
세상 가장 낮은 곳으로
당신을 부르러 갑니다.
창밖의 별들이 보랏빛으로 자라고
어제의 죽은 별들을 바라봅니다.
그날을 잃어버린 그믐의 표정을
별들을, 멀리 두고 오고 싶었습니다.
설명하지 않은 것 따위들을
겁이 나지 않느냐고,
돌아와야 하는 거실은 불이 켜지는데
별자리는 찬란하게 무성합니다.

나의 입술이 열리고
나는 새 한 마리,

세상 가장 높은 곳에서
당신을 밀어내려 갑니다.

그리운 것들을
밀다 보면 그곳으로,
이곳으로 새가 앉고
그리움거나 그리다 만 것들
새것, 새어가는 것, 새가는 것
많은 새들이 나를 통과합니다.
바람이 모양이 있다면
그것은 새의 깃
아직 세우지 못한 빛들이 젖어듭니다.
밀어 넣지 못한 말들이
오랫동안 휘어져 있기를

돌아오는 담장 너머
한참을 글썽이다
나는 나무 한 그루 되고,
몇 개의 잎사귀가 남아 있었는지
확인하고 있었을지 모릅니다.

모든 소리들을 헤아릴 수 없을 만큼
꿈을 꾸어도 되느냐고
당신의 잠을 생각하는 밤
너무나 많은 나는
다시 잠이 듭니다.

파문

발에는 점자가 있다. 틈과 틈 사이를 다녔다. 지문 밖으로 읽히지 않는 문장들이 옮겨 붙었고 빗소리가 견디기 힘들 때 고요 속에서 돌아가는 것들은 귓바퀴로 들어야 한다. 켜켜이 귀를 세운 것들, 당신을 몰아넣지 말 것, 비가 오는 날일수록 새들은 더 선명하고 무표정 지렁이를 잡아 올리는 일처럼 분명, 점자가 없는 것들의 발목을 만지는 것처럼 오늘을 산다는 일, 다음 날 아스팔트 위 짜부라진 지렁이가 되어 있을지도, 분명 무엇인가 나온 것 같은데, 죽은 것들은 자꾸만 비우는 습관이 있을까.

수면 위로 날 깨우는 빗물들. 읽히지 않는 당신을 붙들고 발을 옮긴다. 발이 터진 것인지 머리가 터진 것인지, 몸부림치는 지렁이의 나지막한 목소리들, 짜부라진 지렁이를 오래도록 내려본다. 부서지고 있는 내 발목들, 맞아도 아프지 않은 빗물이 잠긴다. 손가락으로 지렁이를 들어본다. 죽어가는 것을 더듬을 수 있게, 읽히지 않는다. 읽어도 이해할 수 없는 슬픔의 통점들이 빠져나가고, 죽음이 동그랗게 밀려간다. 깊어질 어둠이 없고 온몸을 휘청거리는 동안 꽃들의 발목은 글썽인다. 물끄러미 지렁이의 죽음을 구경하고 오가는 사람들의 발자국, 보고 싶었던 꽃들의 발자국이 슬프다. 꽉 쥐었던 두 손을 편다. 누군가 한가운데 돌을 던졌을까, 버둥거릴수록 사선으로 소용돌이치는 손금들, 밖으로 물길을 잃은 숭어 떼가 빠져나간다. 손바닥 안으로 물결이 분다.

최지인

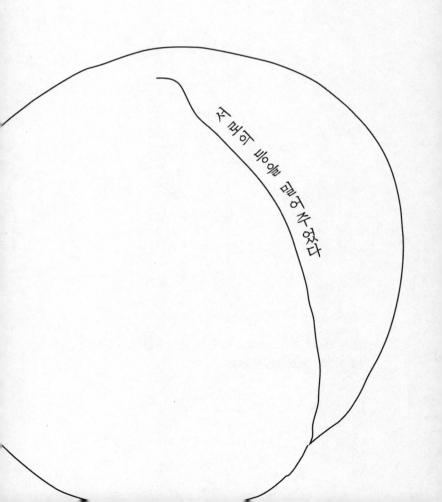

그때의 바람을 밀어주었다

최지인은 1990년 경기 광명에서 태어났다. 2013년 《세계의 문학》 신인상으로 등단했다. 동인 '뿔'로 활동 중이다.

주말

허벅지 위에 아내 허벅지 놓인다
아내는 왜 그럴까
나는 꽃 머리들 후드득
쏟아지는 걸 본다

태풍이 지나갔다
머리 한쪽 쑤신다
아내는 회사에
나는 병원에
모두 갈 곳이 있다
모든 게 그럭저럭

화분에도 영혼이 있다
화분에 심은 식물들이 말라 죽는다
달라지지 않는다
알 수 없는 건 우리
그러다 몇 가질 적는

아내는 죄가 없다 나는 대기실에서
패션 잡지를 본다 곧 불릴

이름 병원에서 법원에서 감옥에서 도로에서—
신호등 불 바뀐다
빨간 이름
파란 이름
가여운 이름

생일 축하해
우리는 외롭고
모국은 사람들에게 돈을 요구하고
사람들을 향해 총검을 겨누고

창가의 책들이 햇볕을 쬔다
노랗게 부스러지는 것도 괜찮다
아내와 나
뒤틀린 종이처럼
침대 위에 있다

*

달궈진 프라이팬에 마가린 한 스푼

식빵을 굽고 그 위에 달걀 프라이
케첩과 설탕 조금

식빵 두 장 포개어 있다
그 사이 축축하고
부드러운

건조대에 널린 수건들 손목에 걸린 갈색 끈 저녁 9시 30분
의 분주함 분홍색 샤워 타월 "잠깐 벌려봐"라고 말하는 입 타
일 틈에 낀 곰팡이 하양 거품 간지럼 태우는 손 그리고
　테라스에서 맥주 마시기 사람들 흉보기 엘리베이터에서 키
스하기
　담배 연기 자욱한 공원 벤치 크림색 푸들 새벽 3시의 악몽
숨 아내와 나 토라진 얼굴 그럼에도 불구하고
　사랑하는 것 미워하는 것 카페에서 샌드위치를 나눠 먹고
헤어지는 것 조이스의 『율리시스』를 읽는 것
　빨간색 현관문을 보고 '다 왔다'고 안도하던 때까지

*

샌드위치 크게 한입 문다
아내가 화분에 물 흠뻑 준다
창밖으로 보이는 고물상

앞으로 잘할 것

접이식 탁자를 펼쳐놓자 너는 귀를 판다 귀이개가 깊숙이 사라지고 있다 찡그린 너의 얼굴을 앨범에 꽂아둔다

옆집 현관문에 귀를 댄다 어쩜 그렇게 이기적이니 복도가 깜깜하게 숨죽이고 있다

네가 귓속에 감추어둔 귀이개를 보여준다 자주 보여줘 거 참 신기해

탁자에 책을 덮어두고 너는 뒤돌아 있다 낯선 뒷모습이 침묵한다

벽에서 유리 깨지는 소리가 난다 바퀴벌레가 현관문 틈으로 들어간다 심야의 영화관에서 일할까 해

너는 서랍에서 철 지난 옷을 꺼낸다 입지 않는 건 집으로 가지고 갈 거야 베고니아 꽃잎에 벌레가 말라 죽어 있다

너의 목덜미에서 붉은 반점이 피어오른다 언제 한번 이불을 빨아 널어야 하는데 식수에서 소독약 냄새가 난다 날마다

얼마씩 저축을 하면 행복해질까

상영관 문을 닫아두고 카펫 청소를 한다 간간이 비명

저녁에 관한 문제

비닐봉지를 입에 대고(너는 쪼그라들기 부풀기―흘러내리
는)

                    *

"일행이신가요? 화장실 왼쪽 칸에서 괴상한 소리가…

거긴 손님이 입장할 수 없습니다"

(네가쫓아온다―골목으로들어가는계단을내려가는빌딩에
들어가는엘리베이터를기다리는음식을주문하는화장실에다녀
오는의자에앉아말하지않는―나를)

                    *

"잘못된 열차를 탔어
기다리지 말고 먼저 들어가 있어"

        우리는 기도원에 가기 전
        독한 약을 삼키고

서로의 등을 밀어주었다

변기 물이 넘치고 압축기 손잡이가 빠르게 운동―구멍으로
손을 깊숙이 집어넣는다 탁한
　냄새 너는 젖은 손으로 음식을 만지며
　곤충처럼 눈을 굴리고 있다

*

너의 팔목을 잡아당긴다―"그만 좀 자, 예배 시간이잖아"
복도에선 정숙할 것 신자(信者)들이 우릴 둘러싸고
　너는 붉어진 귀에 대해
　나는 무너진 집에 대해

　　부푼 입으로
　　우리의 죄(罪)를 발음했다

(식칼을쥐고있다주저하고있다좁은어깨를지니고있다음
식물냄새가나고있다시들고있다주저앉아있다―붉은눈을가
진―우리)

*

"송곳으로 양동이에 담긴 얼음을 깨고 있었지
우리가 작은 보트를 타고 국경을 넘을 때
우리의 머리를 향해 사냥꾼이 엽총을 겨눌 때"

이후

나는 너에게 불가능한 것을 아무렇지도 않게 얘기했다

이 버스의 도착지에서 네가 나를 기다릴 것만 같다

나는 자주 경련하는 사지를 주물렀다

너에겐 책임이 없다

색색의 마카롱이 상자 안에서 숨죽였다

너와 나는 하루씩 번갈아가며 벽 쪽에 누워서 잤다

이곳의 유일한 기쁨은 벽을 마주하는 것

우리는 기쁨을 나누기로 동의했다

네 머리가 내 옆에 놓였다

네가 돌아오지 않았다

이처럼 잠잠한 시절은 다신 없을 거라고 예감했다

쌍생

초에 불을 붙이고
서로의 머리를 쓰다듬으며
우리는 채소 수프처럼
이를테면
구름과 갈색 말
밤마다 약을 삼키는 일

기절하고 싶다
내가 아프니까
싫지?

"조금 거북할 수 있어요 그런 기분으로 죽을 수도 있지요
실컷 구역질을 하며 자신을 미워하세요"

회사에 출근하지 않으니
무척
편하다

우리의 새벽이 달린다 도로에는 죽음이 널려 있다 그것은
희미한 빛을 내며 갑자기 사라진다 그것을 붙잡는 사람이 있

다 몸에 축적된 그것의 경험이 우리의 삶을 바꿀 수 있다고 믿는 사람이 있다 "우리는 왜 멀리서 죽었을까?" 새벽이 말했다

"아기가 배 속에 있을 때 산모의 몸에선 두 개의 꿈이 충돌합니다 마치 빛과 어둠이 뒤섞이는 것처럼"

손가락 사이로
머리카락이 빠져나가고

"우리가 정차한 곳엔
바다가 펼쳐졌으면 좋겠습니다"

자주 연착되는 공황(恐慌)
오래된 성당
우리는 서로의 버릇처럼
깨진 항아리와
하얀 꽃처럼

"어떤 부분에서 노화는 인간의 사고에도 영향을 끼칩니다
오늘날에는 상상하지 못했던 많은 일이 벌어지고 있습니다"

이제 어떤 일이 일어나도
놀랍지 않을 것 같다

우리는 가끔 거리에서도 발작 증세를 보인다 뒤틀린 신체보
다 곤혹스러운 것은 서로의 모습을 보며 희열을 느낀다는 것
그것을 숨기지 못하고 몸을 부들부들 떤다는 것이다

아픈 시간만큼
아프지 않은 시간이 두려웠고

아기가 촛농처럼 흘러내렸다

"생굴을 낳는 것 같아"
서로 웃으며

눈을 감았다
떴다

아직도 우리는

노력하는 자세

작은 내가 더 작은 나에게 말한다

배를 뒤집으면 관이 되지
벼락 맞아 쪼개진 나무
새가 운다 호수에 얼음 조각 떠다닌다
눈부신

미래 분명
가면들
꽃 심는 가면들
나는 그날을 알 거 같다

*

숲속의 짐승들 사람 닮은
이들 땅굴에서
새끼 낳고 식물의 이름 딴
형제의 이름 이렇게 하늘과 땅
완성되었다 그래 이제
죽을 때까지 뭐 하고 싶니

*

마음껏 병신, 병신 같다고 얘기할 수 있었다면
그는 결코 나무가 되지 않았을 텐데
아이 웃는다 낯선 사람들 바라보며
조용히 작은 우주

수많은 저녁 나는 친구들과 술 마셨다
서로 술잔 부딪히며 침묵하고
침묵하고 그렇게 한 시절이 지났다고
한 친구가 말했다

아버지가 방 안에서 담배 태운다
담배 연기 가득하다
연기 때문에 못 살겠어요 창문 여는데
닥쳐오는
애야 너무 춥구나 여긴

아버지도 나에게 편지를 썼었다
네 탓이 아니야
네 탓이 아니란다
알에서 부화한 슬픔들

말하는 너의 목소리는 미색(米色)
먼지처럼
생활고에 시달릴 때 무사히
살아남겠다고 다짐할 때
자비를 베푸소서

손 흔든다
나는 여기 있어요 어머니
곧 행진이 시작됩니다
추위와 배고픔 따위를 견디며
자리를 지키고
손 흔든다

"글쎄요, 저는 당신이 죽지 않길 바라겠어요. 사후의 삶은
끔찍하니까요."

*

아내가 운다 부족한
생활비 때문일까 나는 아내의 손을
잡고 어릴 때 얘길 한다

"…친구 집에 놀러 갔었는데, 그 집 카세트에서 만화영화
주제곡들이 흘러나오는 거야. 나는 한참 동안 카세트 앞에 앉
아 있었어. 따라 부르기도 하면서 말이야. 딸깍, 음악이 멈추고
나는 카세트를 열어보았어. 카세트에는 '만화영화'라고 적힌
테이프가 들어 있었지. 나는 그걸 보고 집으로 뛰어갔어. 심장
이 뛰더군, 엄청나게, 마치 마스크맨처럼 말이야. 집에 도착하
자마자 내가 한 일은 카세트테이프에 '만화영화'라고 적은 거
야. 그러곤 테이프를 재생했지. 신기하게도 카세트에선…"

아내가 나의 손을 세게 잡는다
저녁엔 어묵을 볶아 먹을까
그럼 우리

언젠가 눈 오는 들판에서

사진 찍자 아무도 없는 들판에서
팔짱 끼고

*

역을 가득 메운 사람들
한 계단
한 계단 오른다

가까워지고 있다

홍지호

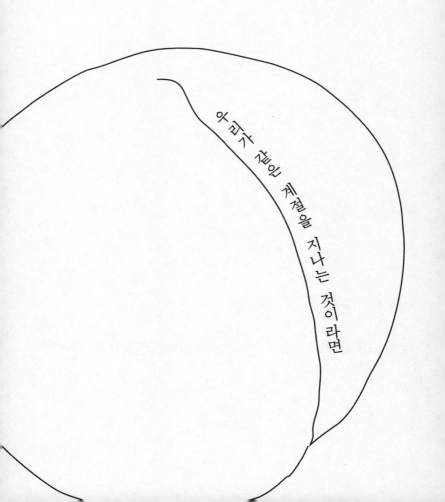

아득히 깊은 계절을 지나는 것이라면

홍지호는 1990년 강원 화천에서 태어났다. 2015년 《문학동네》 신인상으로 등단했다.

정원에서

정원으로 이어지는 길이다. 나는 정원을 정원이라고 소개한다. 우리의 세대에서 정원은 주로 공동의 것이란 말을 하려다 말았고, 모두의 것이라는 것은 누구의 것도 아니라는 생각도 말하지 않았다. 마음은 누구의 것입니까. 마음이라는 것은. 그러나 누구의 것도 아닌 단어들이 부유하는 정원을 걸으면서 우리는 걷고 또 걸었다

내일도 걸을까요? 당신이 물었고, 오늘은 오늘의 것 내일은 내일의 것이라는 생각을 말해버렸다. 당신은 당황하지 않았지만. 당신은 누구의 것입니까

아주 조용한 정원에서 아무 일도 일어나고 있지 않다고 말할 수 없었다. 그러나 아주 아주 조용한 마음의 정원에서 나열된 문장들이 나의 것이 아니라고 말할 수는 있었다.

나는 나의 것이 아니었으면 좋겠다는 생각은 말하지 않았고 후회한다는 생각을 말했던 것 같다.

어둠과 정원에서

혼자 걸어왔지만 둘이 걷던 길을 혼자 걸었다고 생각하지 않았다. 어둠과 정원에서 그러나 어둠과 정원에서. 어둠을 어둠으로 회피하지 않았을 것이다. 밤을 맞았고 어둠은 그럼에도 색이 아니라 바탕에 가깝다. 그러나 가끔 배경이 사건을 지배하는 순간 같은. 어둠. 소란스럽게 뻗어 있는 가지를 가진 나무를 낮에는 보았으나 아주 고요한 정원이다. 어둠 속에서 보이는 것은 까만 나무이다. 어두움보다 까만 나무이다. 어둠이 내려앉은 고요한 정원에서 까만 나무에 기대앉으면, 정면에 보이는 것은 없다. 그러나 정원에는 정면만 존재하지 않는다. 눈을 감는다. 어둠 속에서 눈을 감는다는 것은 사건을 믿는다는 것이다. 일어날 사건 역시 믿는다는 것이다. 언제나 보이지 않는 방식으로 마음을 지나가는 것이 있었다.

당신이 옆에 있었다면 절대 눈을 감지 않았을 것이다.

어둠이 내려앉은 아주 아주 조용한 정원에서

로비

이곳은 로비다. 그들은 로비에 마주 앉아 있다. 로비에는 약
간의 음악이 흐르고, 그들은 약간의 음악이라는 표현이 완전
하지 않다고 생각한다. 그렇지만 완전히 틀리지도 않은. 로비
는 분주하지만 고요하다. 음악은 그들이 평소에 좋아하던 아
티스트의 리믹스 앨범 수록곡이고.

나무가 흔들려서 슬픈 것 같다고 한 사람이 중얼거린다. 그
는 우리가 같은 계절을 지나는 것이라면 이라는 제목의 노래
를 생각했지만 로비에 흐르는 음악의 제목은 다른 것이다. 모
든 음악은 리믹스지라고 누군가 생각하자 갑자기 비가 쏟아지
기 시작했다. 비를 피해 많은 사람들이 로비로 들어왔고 비가
내리면 안과 밖의 경계가 선명해졌다.

그들은 이제 창밖의 풍경을 함께 바라보고 있다. 마주 앉은
사람도 나무가 흔들려서 정말로 슬퍼 보이네 중얼거렸고. 이
제는 계절 때문이 아니라는 것을 알게 될 것이다. 도로에 심어
져 있는 여러 그루의 나무 중 유독 한 그루의 나무만 흔들리고
있는 것을 보았을 때. 로비는 오래 머물기 위한 곳이 아니지
누군가 말했고 그들은 밖으로 나갔다.

그들이 떠나고 로비에서 처음 들어보는 음악을 누군가 듣
는다. 음악의 리듬은 로비의 고요와 더 어울리지만 창밖의 풍
경과 음악의 개연성이 무시할 만한 수준은 아니었다. 로비는

잠깐 머무는 곳. 그러므로 로비는 완전하지 않고, 그러므로 누군가에게는 로비를 떠나는 것이 쉽지 않은 일이다.

비 내리는 창밖에 한 그루의 나무만이 흔들리고 있다. 부득이한 사정으로 나무는 스스로 흔들지 못한다는 것을 그는 알고 있었다.

왈츠

세상의 모든 사람들이 같은 춤을 추는
그건 겨울이었어
더 이상 비둘기가 날지 못하고

스텝 스텝 스텝

모두가 얼어붙은 강을 건너고 있었지
추위 때문이었을까 아무도
얼음의 두께를 의심하지 않았어

길에서 춤을 추는 사람들이 춤을 못 춰서
슬펐어 거리를 두고 구경하고 있었지만

우리가 추는 춤은 왈츠, 두 사람이 원을 그리는 춤이야

스텝 스텝 스텝

춤을 구경하는
군중 속으로 비둘기가 날아들었는데
모두 욕을 하며 피했어 간혹 저주를 퍼붓는 사람도 있었지

모두가 춤을 추는 계절이 지나고
비둘기는 예전과 다르게 읽힌다 요즘 사람들이 비둘기를
읽는 방식은
시나브로 슬프게 읽히고

얼어붙은 강을 건너는 사람들을 보며
물 위를 걷는 것은 어떤 느낌일까 생각했어

의심 때문인지 나는 자꾸 미끄러졌다

겨울에는 모두 겨울을 욕하고 비둘기를 욕하고
춤을 추는 사람들의 미래를 대신 걱정해주고

스텝 스텝 스텝

얼어붙은 강에서는 한 발자국도 확신할 수 없었지만

모든 것이
비둘기의 잘못은 아니라는 것만은 확실했지

당장 비둘기가 날아들면
나도 소리를 지르며 피하겠지만

비둘기는 누군가의 맘에 들기 위해
태어난 적이 없다는 거야
단 한 번도

그래도 우리가 함께 추고 있는 춤은, 왈츠를 네가 마음에 들
어 했으면 좋겠다

스텝 스텝 스텝

사람들이 얼어붙은 강을 건널 때 두 사람은 마주 보고 춤을
추고 있었다. 왈츠는 두 사람이 원을 그리는 춤이다. 두 사람
은 원을 그리고 있었다. 미끄러지듯이. 원을 그리다 보면 원을
그리게 되고 서로의 눈동자가 둥글다는 것, 눈동자에 자신이
담겨 있다는 것, 그걸로 충분하다는 것과 비둘기와 세상이 맘
에 들지 않아도 나름대로,
　이대로 괜찮다는 것을 알게 되겠지만

스텝 스텝 스텝

원을 그리며
스텝을 밟아도

앞으로 나가지는

강을 건너지는 못할 것이다

기후

겨울은 왜 이렇게 추울까 네가 물었고
겨울은 겨울 대답해주었다
그 말을 듣고 너는 조금 우는 것 같았는데
우는 게 아니라고 그랬지

겨울에 울면 눈에서 눈이 내린다고
눈물눈 눈물눈 눈물눈 놀려대면서

어째서 나는 그렇게밖에 말해주지 못하는 걸까 생각하면서도
겨울이 추워야 하는 이유를 생각하고
길에서 자는 사람들을 생각해보라고
생각을 하고 있는 걸까

봄이 오겠지
따뜻해지겠지 물을 때
벽지라도 따뜻한 색으로 바꿔볼까 말하지 못하고
세상에 확신할 수 있는 것이 얼마나 있겠어 말하고 있었지
기온은 높지만 바람 때문에
체감온도가 낮을 거라고 말해주던 날에

얼음을 밟았는데 얼음이 갈라지고 있었다
그때부터 조금씩 달라졌던 거 같다

조금씩 따뜻해지는 것 같다고 오늘은 말해주고 싶었는데
체감온도가 너무 낮았고
길에서 자는 사람들을 생각하자는 생각으로 돈을 조금 드
렸지
고맙다고 손을 잡아주었는데 손이 까맣고
힘이 세서 붙잡고 싶었나 보다
붙잡고 싶었나 보다 생각하면서도 손이 까매서
한참 동안 손을 씻었다 한참을 손을
거울은 못 보겠더라

그때부터 조금 달라졌던 거 같다
계속 거울을 보지 못했던 거 같다

젖어 있어서 손이 시렸어 손이 시린데 나의 손만큼만 손이
시린 거야
추워보자고 좀 추워보자고 발가벗고 바람을 맞아봐도
나는 자꾸 나의 몸만큼만

추운 것이다 자꾸 나의 몸만큼만

그때부터 달라졌던 거 같다

그때부터 너의 추위를 느껴보고 싶었지 그때부터
너의 추위를 느끼고 싶어서
떨면서 자고 있는 너를 안았는데

자꾸만 따뜻해지는 것이다 자꾸
따뜻해지기만

유기

사랑스러운 강아지였겠지 누군가 버린
개는 기다리고 있었다

어떤 심정으로 시작되었을 아름다운 이야기는
그냥 그것에 관한 오래된 이야기가 되었고

아름다웠지

말할 때는
시제가 슬프게 느껴졌다

겨울인데도 비가 오는 날에
나는 너무 슬퍼져서 어떤 심정으로
말해주고 말았다

돌아오지 않을 거야! 돌아오지 않으면서!
돌아오지 못한다고 할 거야!

말해준 것을 후회하지 않았고
기다리지 않았으면 좋겠다고 생각하던 어느 날

사랑스러운 개가

나도 알아

라고 말해주었다

겨울이었다

*

겨울이 오기 전에
먼저 떠나버린 친구들은 너도 어차피
떠날 거라고 말해주었다

더 이상은 좋은 것을 찾으렴
너를 믿어주는 신은 있을 수도 있지만 없을 수도 있단다

그럴 수도 있다고 생각했다

나는 믿었다

첫 번째는 죽고 두 번째는 죽지 않는 것
모두가 어차피

어차피라고 명명하는 겨울이 오고 있었고 좋은 것이
좋다고 믿는 사람들이
아름다워 보이지 않았다

아무리 따뜻하다고 믿어도 겨울은 추운 법
겨울이 말해주고 있었지만

비가 오지 않는 겨울인데도
비가 오는 날
어떤 심정으로

나는 중얼거렸다

나도 알아 나도
알아

그러나 누군가는

겨울이 오면 버려야 하는 것을
겨울이라고 버릴 수 없었다

황유원

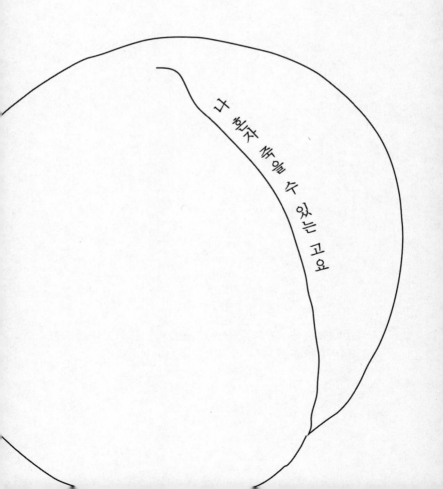

그 얼굴 볼 수 있는 고요

황유원은 1982년 울산에서 태어났다. 2013년 《문학동네》 신인상으로 등단했다.
시집으로 『세상의 모든 최대화』가 있다.

검고 맑은 잠

창문을 열어놓은 채 홀로 물이나 한잔
따라 마시고 있을 때
그는 꼭 화선지에 칠해진 검은 밤 같다

벼루에 찬물 따르고 먹을 갈면
거기서 풀려나온 새까만 밤이
물속에 고이고

이 밤이 벼루에서 나온 것인지 먹에서 나온 것인지
  아니면 벼루에 먹을 갈던 손의 움직임에서 나온 것인지는
확실치 않지만

물속에 고인 밤은 확실히
깊고
고요하여

그 밤을 묻힌 붓은 이미 붓을 초과하는 무엇이고
  그 붓 지나간 자린 모조리 한밤중 텅 빈 골목이 되어
  누군가 밤새 그곳을 서성이며 불어오는 바람 속에 서 있게
된다는 사실만큼은

거기 놓인 문진의 무게만큼이나
확고
부동한 밤

차고 맑은 바람 스민 글자들 정서해
종이의 온몸에 한기가 들게 만든다
이 차고 맑은 밤이 종이 위로 옮겨가는 만큼
자신의 잠도 차고 맑아질 줄로 믿으며

그는 자신의 밤이 몇 개의 검고 맑은 글자로 고여
계절 속에 서서히
말라가는 걸 본다

문득 잠에서 깨 바라보면
모든 게 예외 없이 말라가고 있고

불을 꺼놓고 잠들었는데도
밤은 또 이토록 생생하고

한산에서

겨울엔 발이 차다
마음은 안 시리고
양손도 따뜻한데
찬 발이 떼로 시리다
그날 퇴근길에 괜스레 걸어봤던 동호대교
얼어붙은 한강 위에 서 있다 일렬로 날아오르던
새 떼들 생각을 한 것도 아닌데
찬 발이 겨울 같다
네가 10년 전에 사준 등산 양말을 나는 아직도
겨울마다 꺼내 신는다
방 안에서만
밖에서는 안 신고
발이 시린 방 안에서만 신다가
겨울이 사라질 것 같으면 다시 벗는다
시린 발로
내가 가본 모든 차가운 나라라도 다시 가본다
발이라도 차야 한다
마음이 안 시리면
양말이라도 벗어야 한다
그러다 문득 다시 밀려오는 새벽에 발이 시리면

나는 어디도 갈 수 없을 것만 같고
나는 어디로도 갈 수 있을 테지만
어디로 가도 여기서 벗어날 수 없을 것만 같아
시린 발이 새벽 같다
모든 새벽의 발이 시리고
모든 새벽의 발이 양말을 신길 꺼리는 것 같다
늦은 새벽 술자리에서 꼰대는
자꾸 내게 너는 시인이니까
멋진 마무리 멘트나 하나 해보라는데
시인은 그런 거 대신 그저 양말이나 벗고
시린 맨발이나 보여줄 수 있을 뿐이다
밤새 미친놈처럼 맨발로 혼자
겨울 산에나 오를 수 있을 뿐이다
정신 못 차릴 정도로 멋진 생각이 떠오를 때까지
그 생각 읊어줄 생각에 이가 다 시려올 때까지!
그러다 발이 사라질 것 같을 때쯤
정신이 번쩍 들어
이제는 발목 다 늘어난 양말 양손으로 벌려
그 속으로 너무 늦게 들어가보기도 한다
사라질랑 말랑 하던 발이

양말 속에서 말랑말랑해질 때까지
선배 시인 한산(寒山)도
산중의 추운 밤이면
옛날에 누가 사준 양말 꺼내 신고 잤을까
알 수 없지만
벌써 10년이란 세월이 흘러갔지만
나는 아직 잊지 않았다
이제 이 양말은 전신이 축 늘어져
집에서밖에는 신을 수 없게 돼버렸지만

리틀 드러머 보이

그날 너는 Low의 Little drummer boy 얘길 하다가
드럼통 주위에 모여들어 드럼을 두들겨댄다는
칸나 얘기를 했다
칸나가 잔뜩 피어나 노란 꽃 머리로 통 통
아니 파란 양손으로 통 통
드럼을 연주한다고 했던가
송찬호의 시라고 했던가
다음 날 도서관에서 찾아본 그의 시에 심긴 칸나는 그러나
드럼을 치고 있지 않았고
대신 반 잘린 드럼통 속에 심겨 있었는데
나는 순간 너무나도 아름다웠던
너의 얘기 속 연주회를 떠올렸는데
그게 잘 떠오르지 않았다
너에게 다시 얘기해달라고 하면 너는
분명 또 다른 얘길 들려주겠지
분명 또 다른 연주가 울려 퍼질 거야
길에서 들은 노래는 길에서 돌아오면 잘
생각이 나질 않는다
밤에 만든 노래를 낮에 틀면 어딘가 반드시
고장이 나고 말듯이

아직 크리스마스는 멀었지만

파람팜팜팜

파람팜팜팜

하는 후렴이 울려 퍼지는 노래를 듣는다

드론음이 지속되는 가운데

하늘에 함박눈 쏟아지는

붉은 앨범 재킷 속에 심겨 하얀 입김을 뿜어내다

천천히 꽃 머리를 치켜드는 칸나가 되어

자유로운 뇌 활동

생각에 빠지는 게 꼭
구덩이 속에 빠지는 것 같다
눈구덩이 속에서
생각이 딱 멈춰버려서
오도 가도 못하는 게 꼭
거기 빠져서 헤어 나오지 못하는 것 같다

하늘을 바라보면
하늘은 그 속에 차가운 것들이 잔뜩 흘러가는 하나의 차가
운 원(圓)……

하나를 알면 열을 아는 자여
인생이 도미노처럼 쓰러져가고 있다
차곡차곡
쓰러지기 직전의 도미노를 가까스로 방어하고 있는데
그래도 나름 제일 가깝다고 생각한 사람으로부터
너는 참 평화로워 보인다는 말을 들었다

씨발, 하나도 모르겠습니다

그것은 거대한 허무의 구덩이
하나를 잘못 봐서 열을 잘못 알아버린 자여
마치 바로 옆에 커다란 말벌이라도 한 마리 날아갈 때 그러
하듯
하나에서 그대로 멈춰 서버렸어도 좋았을 텐데

하나를 보고 열에서 멈춰 서버린 자여

하나를 보고 열까지 멈춰버린 자여!

말들이 출발하면 경마장은 환호성으로 금세 떠나갈 듯하
지만
말들이 다 지나가는 데엔 불과
몇십 초
……
일순 정적이 찾아오듯이
너는 그 정적 속에서
생각이란 걸 하고
그러자 너는 그것이 생각이 아니라
걱정이자 두려움이었다는 걸 알게 된다

아주 약간의 생각 덕분에

두려움은 아무짝에도 쓸모가 없어서
어떤 짝도 찾아오지 않는다는 사실 또한

고민 말고 생각을 해야 해
고민을 하면 구덩이는 깊어지고
생각을 하면 구덩이는 좁아지고
스스로 메워진다 메워지고 메워져
너를 스스로 지상으로 솟구쳐
올려줄 때까지

입지가 넓어지면 너는
아무 데로나 걸어갈 것이다

방금 풀어놓은 말들처럼 화끈하고!
다시 잡아들인 말들처럼 과묵하게

모든 곳이 아무 데나가 될 것이다

그러니 하나만 보고 열을 아는 관객들이여
그것을 누군가의 일부로, 혹은 1부로 봐줘도 좋을 텐데
혹은 하나를 잘못 보면 열을 잘못 아는 관객들이여
열을 잘못 보면 예전에 알았던 열들도 일렬로 무너져버리
고 말 텐데

어쩌면 이건
혼자 눈구덩이 속에 들어앉아 혼이 나간 채 실시간으로 중
계되고 있는 뇌 활동……

그러니 이부자리를 펴고 누워 편안히 2부를 기다리고 있는
관객들이여
그대들 스스로가 광활한 눈밭의 출발선상에 일렬로 늘어
선 채
뜨거운 콧김을 내뿜고 있는
2부의 첫 문장이 되어보아도 좋을 텐데

밤눈

눈이 올 거란 말은 없었다
11시에 너의 집 문을 열고 나오자
앞산 전체가 희뿌옜고
나는 복도에 쌓인 눈 밟히는 소릴 듣고도
그게 눈일 거라 생각지 못했다
눈이 아니라고 생각하고 밟는 밤눈 소리는
실제 들려오는 밤눈 밟는 소리보다 지나치게 아름다웠고
나는 눈일 리 없을 거라고 생각했던 눈을 진짜
눈으로 만들기 위해 한번 뒷걸음질 쳐봤다
네가 씌워준 모자와 네가 둘러준 목도리 위로
눈이 쌓이고 있었다
전화기를 꺼내들자마자 네게서 전화가 왔고
오랜만이네 거기도 눈 오냐?
오야 큰일이야 난 눈이 와도 별 감흥이 없다
퇴근하고 집에 가던 길에 그냥 전화해봤어
그냥 오는 전화처럼
그냥 눈이 내리고 있었다
눈이 내리고 있었다
고양이가 방금 주차된 차 밑으로 기어들고 있었다
눈이 내리자 오늘 밤 눈이 온다는 문장이 찍힌

일기예보가 올라와 있었다
예상 적설량은 수시로 변하고 있었다
문장이 현실을 겨우 따라가고 있었다
그것은 거의 예보에서 중계가 되어가고 있었고
나는 네게 전화를 걸려다 말고 잠깐
복도로 나와보라는 문자를 보낸다
너는 이제 창문을 열고
너는 이제 눈 쌓인 복도를 걷는다
현실이 뒤늦게 문장을 뒤따르고 있었다
앞산의 스카이라인이 지워져가고 있었다
내게는 아까부터 내리고 있던 눈이
뒤늦게 네게도 내리고 있었다

자동 권총

LP의 잡음을 빗소리로 착각하고 창문을 열었을 때

사인(死因)이 분명한 시체처럼 거리는 환히 드러누워 있었고

벌써 몇 달째, 너무나도 조용한 아침
그날 밤 녹음한 총격전을 틀어놓고 잘 닦인 총열 같은 거릴 내려다본다
나무에 물을 주는 사람들과 비 맞고 환해진 이끼들
오늘도 어김없이 개를 산책시키는 여인들

순간,
커튼 뒤로 몸을 숨기고
(총알 한 발 장전,)

난 거기 없었어
놈들의 피스톨이 불을 뿜었을 때
여기저기서 녀석들이 쓰러져나갔을 때
난 거기 없었어
나랑 웃으며 헤어진 네가 10분 후에 그 남자랑 안고 있을 때도

난 거기 없었어
꿈에도 몰랐지

꿈이라고 말할 때마다 먼바다 위에 뜬 한 척의 배가 떠오르고
그 배에 가득 실린 술통들이 풍랑에 이리저리
흔들리는 느낌

실패한 금주 선언 같은, 선원들의 뱃멀미와
우웨에에엑 재즈로 범벅이 된 눈이 내리고 있는 부둣가의
침묵

이를테면 어제 난
창밖에서 조용히 흔들리고 있는 가로수 잎사귀를 감상하며
차를 마셨지
지난해 폭풍의 기억만으로 갑자기 미친 듯 흔들린다면,
정적 속에 심긴 한 그루 나무가, 그것도 혼자서만 그러고 있
다면 정말 얼마나, 쪽팔릴 것인가
그런 생각을 하며 차를 마시곤
약실에 담긴 총알의 고요함을 명상했어

눈을 다 내려버린 하늘의 검고 가벼운 투명함 속에서
찌그러진 트럼펫 같은 차들의 경적 소릴 들으며 거리로 나가
늦은 저녁을 사 먹었지
삶은 돼지고기가 돼지로 되살아나
다시 어제처럼
축사를 뛰어다닐 순 없겠지……

그런 생각에 단도(短刀)를 박고 일어나, 충동적으로
범죄 현장의 공기를 담은 향수병을 사버렸어
병의 목을 비틀자 불현듯 환한, 빛이 쏟아졌고

불만 켜면 날아드는 총알들,
박살 나는 전구들,
어둠 속에서 홀로 깨진 전구를 밟고 있는 남자의 구둣발 아래

착 가라앉은 어둠
갑작스레 켜지는 서치라이트와
서치라이트가 뚫어놓은 빛의 원
굴러가지 못하는
애초부터 쓰러진 빛의 수레바퀴

뒤를 밟던 빛이

당황하기 시작하고

방황하는 밤 위로 피어오르는 연기들

당신은, 눈 쌓인 골목을, 내달리기, 시작한다

뒤를 밟히고
따돌리고
다시 또 달리기
시작해

향수병을 닫고 아침부터 틀어져 있던 카세트를 꺼봐도 자
꾸만 들려오는 소리들……

그러나 이것만은 분명히 해두자
드릴로 벽을 뚫을 때의 고통은
드릴의 것도 벽의 것도 아닌
오직 양쪽 귀만의 것

고층 건물 위에서 두꺼운 유리 한 장 떨어지고 있을 때
바로 그 아래 멈춰 서서 그걸 올려다보고 있는 듯한 심정으로
(다시 한 발 장전,)

모든 걸 깨끗이 처리하고 집으로 돌아오던 밤
막차에 앉은 채 잠든 사내는 깨어나지
않았지, 아무리 흔들어봐도 흔들리지

않았어

버스 기사도 더 이상 부탁하지 않았고

이제 부탁받았던 사람이 쫓기듯 내리고 나면
문은 딱 한 번 더 열리겠지
그러고선 정적 속에

닫혀버릴 거야

그렇게 생각했던 밤을 생각해
내가 네 이야기를 예전의 내 이야기로 듣자

네 이야기의 디테일들이 급커브를 틀기 시작했던 밤을

그 멋졌던 밤의 텅 빈
좌석들 같은 정적을 생각하며 곧 눈을 쏟을 듯 흐리고 묵직
해진
하늘의 떨림을 사랑하며
방금 벗은 스타킹을 다시 신겨주고
방금 벗은 하이힐을 다시 신겨주듯
다시 한 발
장전.

오늘은 유난히 밤이 길군
축 늘어진 팔다리처럼
지평선에 가까워져 바닥에 펼쳐지는 몸뚱아리처럼
오늘은 길어지는 밤이 끝이 없군
길군
초자연적인 밤
길어지는 밤 위로 서 있는 건물들의 피로가

문을 닫고 또각또각 아주

큰 소리로 걸어나가는 밤
걸음걸음 복도에 아주 자신 있게 울려 퍼지는 밤

잘 들어, 나는 아주 오래 살 거야
네가 늙어서 추해지고
누구도 네게 집적거리지 않을 때까지
네 새끼들이 병상에 누운 네가 죽을 날만 기다리고 있을 때
옆에서 비웃어줄 거야
아주 건강하고 아름다운 모습으로
아아주우 오오래애, 나는 살 거야

아름답지 너는,
위스키병이 박살 나는 것만큼이나 아름다워
상상할 수 있겠어?
병 하나에 담긴 술이 순식간에 얼마나 넓게 펼쳐지는지
고요하고 딱딱하던 유리는 순간 얼마나 크고 멋진 소리를
내며 스스로를 포기하는지!
몇 초 만에 방 안을 장악하는 냄새와
여기저기 오만 데서 빛을 발하는 예리한 유리 조각들

벗은 옷을 다시 입혀주고

쾅!

하고 문을 닫고

딱,

하고 불을 끄듯

마침내 혼자가 될 수 있다는 듯
당겨지는 방아쇠들

누가 꿈에 내 사주를 봤는데
귀인 사주라고 했다지
졸지에 귀인이 되어
큰대자로 여기 한번 누워본다
어렸을 적, 손에서 놓친 풍선이 희미해져가는 걸
쳐다보던 기분
그걸 아직도 쳐다보고 있는 마음으로

고수부지의 짙푸른 풀밭 위에, 나 홀로 팔 벌리고!
드러누운 채로

라디오에서 들려오는 소리를 네 목소리로 착각하고 거기
대답해버렸을 때
내 표정은 신원을 알 수 없는 시체처럼
얼굴 위에서 도망치고 있었고

오늘은 나들이하기 좋은 날씨가 되겠습니다

벌써 몇 달째,
너무나도 조용한 아침

이봐, 우리는 실로 다양한 방아쇠들로 격발돼왔다
자동 권총은 계속해서 장전과 격발을 반복하다 마침내 탄
창에 총알이 다
떨어지고 나면 딸깍거리는 소리밖에는 낼 줄 아는 게 없어
진다는데

이렇게 긴 시를 쓰고 있다는 것 자체가

이미 네게 패했다는 뜻

어쨌거나 탄창이 텅 빌 때까지 쏘고 나면
다시 텅 빈 약실의 고요함이 오겠지

턴테이블의 픽업이 제자리로 돌아가자 착각은 사라지고
거리는 생사(生死)를 초월한 채 눈앞에 펼쳐져 있다

잘 닦인 총열 같은 거리로 뛰쳐나가
나무에 물을 주는 사람들과
비 맞고 환해진 이끼들
오늘도 어김없이 개를 산책시키는 여인들을 다 휘갈겨버
리고
내게도 한 방 먹이는 거
그건 내 스타일이 아니야

넌 총이 한 자루 있다면 얼마나 좋을까
하고 생각해
영화에서 본 베레타 M9 같은 총이
나 혼자 있을 수 있는 공간과 한 자루의 총이 있다면 정말

얼마나 좋을까
　겨우 총알 한 방으로 엉망진창이 된 몸을 남들에게 보이느니
　나무에 물을 주던 사람들과 한가로이
　개를 산책시키던 여인들이 모두 내 앞에 몰려와
　배신당했다지?
　아니 요즘 세상에도 이렇게 순진한 남자가 있다니
　이건 뭐 천연기념물 수준이네
　호들갑들을 떨고 있을 꼴을 보느니

　차라리 살고 말지

　하고 생각해

　나 혼자 죽을 수 있는 고요와
　한 자루의
　총이

　이 세상엔 없다니

'우리'라는 믿음

이재원

(문학평론가)

연애하는 삶

'연애하는 삶'을 꿈꾸지 않는 이가 있을까. 연애를 하는 동안 우리는 행복과 불행, 충만과 상실 사이를 넘나든다. 살면서 그런 일은 몇 번 일어나지 않으므로, 삶이 뒤흔들리는 그 강렬한 경험으로부터 우리는 역설적으로 삶을 실감한다. 그러니 연애를 꿈꾸는 마음은 당연하다. 그렇다면 평온하게 흐르던 삶이 연애를 시작할 때면 깨어나 요동치는 것은 어째서일까. 연애의 시작은 언제나 '당신'이라는 점이 이와 관련이 있다. 내가 기다리는 누군가, 또 나를 기다리는 누군가가 있다는 사실만으로도 삶은 이전과 달라진다. 연애라는 경험은 당신에게 몰두하는 나의 시간과 내게 몰두하는 당신의 시간이 만들어낸 시간, 수평적으로 흐르던 시간 사이로 튀어 오르는 '다른' 시간이라고 할 수 있는 것이다. 그 다른 시간 속에서 우리의 살아 있음은 더욱 감각된다. 나아가 그 다른 시간으로서의 연애란 나와 당신 사이에 자리하므로, 그곳에서 우리는 '나'라는 한정된 자리를 벗어날 수가 있다. 연애는 '나' 아닌 존재와 내밀하게 교류하며 거리를 좁혀가는 경험이기도 한 것이다. 그러므로 연애는 삶을 실감시킬 뿐 아니라 타자를 이해하는 일의 출발점이라고도 말할 수 있으며, 그렇기에 결국 삶을 이해하는 과정과도 같다. 여기 엮인 시들이 '연애'에 대해 말하면서도 '연애'만을 말하지 않는 까닭이 여기 있겠다.

이처럼 나와 당신이 관계 맺음으로써 벌어지는 일들이 있다. 그리고 '나'와 '당신'이라는 유일함이 만나 생겨난 것들이니, 모든 연애는 단 하나의 것이라고 할 수 있겠다. 같은 영화 속에서도 매번 다른 것을 보게 되듯, 우리는 '당신' 앞에서라면 매번 다른 '나'가 되어 다르게 사랑할 것이다. 여기 모인 시들을 읽는 일도 이와 다르지 않다. 이 시들은 각자의 연애에 대해 고유한 목소리를 내고 있고, 그 목소리들과 만나는 동안 우리 역시 제각각의 흔들림을 겪었을 것이다. 그러니 이제 그 다양한 목소리들 사이에서 발견되는 흔들림을 나누어보자.

당신의 자리

당신과 만나는 일은 어떻게 우리의 삶을 요동치게 만들까. 당신이라는 존재는 우리에게 더없는 충만의 순간을 얻게 한다. 서로를 향한 마음으로만 가득해지는 어떤 순간은 분명 존재하고, '우리'가 전부인 것만 같아지는 그런 순간은 다른 어디에도 없다. 그러나 우리는 연애를 하는 동안 대체로 '나'는 '나'이며 '너'는 '너'라는 자명한 사실을 깨우치는 데 더욱 시간을 쏟는다. 나의 마음과 너의 마음은 이렇게나 다르고, 당신에 대해서라면 나는, 알아버렸다고 느끼는 순간 불현듯 새하얘지기도 한다. 이렇듯 '너/당신'이라는 존재는 내게 유일한 충만함을 선사하지만, 언제나 '나'에게로 장악되지 않은 채 이곳을 빠져나가버리는 타자성의 존재이기도 하다. 이러한 단절은 다름 아닌 당신과의 사이에서 일어나는 것이기에, 연애의 시간에서라면 우리는 삶이 무너지는 것만 같은 시간도 맞아야하는 것이다. 그리고 그 모든 것은 사랑의 일이어서, 우리는 생의 이 요동침 속에서도 함부로 당신을 떠나갈 수가 없다.

안태운의 시 역시 당신과 나 사이에서 좁혀질 수 없는 어떤 거리를 발견하곤 한다. 기본적으로 안태운의 시는 우리가 인식할 수 있(없)는 것과 '언어'가 담아낼 수 있(없)는 것에 관심이 많아 보인다. 그렇기에 그의 어떤 시들은 세계와 지금 막 만난 사람의 더듬거림처럼 들리기도 한다. 흥미로운 것은 그의 시에서 '나'와 '당신' 사이의 거리를 실감시키는 것 역시 다름 아닌 '언어'라는 점이다. "너는 외국어로 말한다"라고 시작되는 「베네수엘라어」를 보자. 이 시에서 나와 너는 외국어로 대화를 한다. 외국어로 대화를 나눈다는 설정에서부터 나와 너 사이에는 필연적으로 단절감이 자리하게 된다. 또 대화가 진행되는 동안 '나'는 "말을 할수록 그것을 잃어버"리고, 그렇게 '너'는 여기 모호한 인상으로만 각인된다.("너는 풍겨온다", "외국어처럼 너는 내게 어질러져 있다") 이처럼 이 시에서 '너'

에게 주목하며 대화를 나눌수록 '너'는 더욱 불명확하게 남겨지는 것인데, 이때 '너'의 근원적인 자리란 '나'의 자리에서는 결코 닿을 수 없는 곳임이 밝혀지는 것이다. 그렇다면 이 좁혀지지 않을 거리를 두고도 당신과 나는 만나게 될까.

그는 썼다. 쓰고 있었다. 흩날리는 숲에 대해서. 숲속에서 마주쳤던 야한 것들에 대해서. 쓰지 않을 때에도 그러나 대부분 쓰고 있는 상태였고 그는 쓴다. 아무것도 모르는 채로. 우체부가 앰뷸런스를 몰고 숲으로 들어가는 사태에 대하여. 혹은 냄새에 대하여 쓴다. 무슨 냄새라 이름 불리기 이전의 냄새에 대하여. 영영 모를 것 같은 기분으로. 냄새의 그림자에 대하여. 그것이 숲을 방치하고 있다는 생각으로 그는 쓰고 있다. 이제 그는 다 쓴 종이를 들고 간다. 건물 앞에서 그녀를 만나기 위해 걸었고 그녀와 만나고 있다. 이건 당신의 것입니다. 그녀는 그걸 받는다. 고개를 든다. 서로 웃는다. 그녀는 거리를 건너간다. 그는 거리를 지나친다. 밤이 거칠다고 생각한다. 화사하다고 생각한다. 그러면서 집으로 가고 있다. 그 밤 그녀는 읽는다. 거리에는 둘 다 없다. 그녀는 되풀이해서 읽는다. 단어들을 보며 그걸로 자신을 이루어내려 한다. 그리고 그 밤 그는 다시 쓴다. 이제는 그녀에 대해 쓰고 있다. 그녀의 슬픔에 대하여 혹은 인상에 대하여. 그녀가 흩어지는 방식에 대해서 쓴다. 그는 다시 쓰고 그 밤 그녀는 읽었다. 그것이 자신과 연관되어 있다고 느낀다. 느끼고 있다. 그 밤 그는 자욱하게 쓰고 있었다. 이제 그는 또 간다. 밤에 쓴 것을 가지고 간다. 그녀도 갑니다. 만나러 가야 한다. 건물 앞에서 만날 수 있었다. 아름다운 시인 것 같습니다. 그녀는 읽었던 것에 대해 말하고 있다, 서서히. 시에서 그게 자신일지도 모른다고. 흩어지고 있다고. 그러나 짙어질 거라고. 그녀는 말하고 그는 종이를 가만히 들고 있다. 그는 기쁘고 이상하다. 이상하고 습하다, 숲속에 있는 것처럼. 그는 자신이 들고 온 종이를 바라본다. 보고 있다. 종이 뒷면에 빛이 여과되는 걸 감지한다. 그런 것처럼 보인다. 그녀가 안 보인다. 거리에는 아무도 없다. 종이에서 무슨 냄새가 났다.

— 안태운, 「공백」 전문

이 시에서 그와 그녀 사이에는 물리적으로도 '거리'가 존재한다.("그녀는 거리를 건너간다. 그는 거리를 지나친다.", "거리에는 둘 다 없다.") 그 '거리'를 사이에 두고 그와 그녀는 만났다가 헤어지곤 하는 것인데, 이때 그들 사이를 오가는 것은 다름 아닌 그가 쓴 글이다. 그렇다면 그는 무엇을 쓰는가. 그는 줄곧 "아무것도 모르는 채로" "무슨 냄새라 이름 불리기 이전의 냄새에 대하여" 쓴다. 조금 이상하다. "아무것도 모르는 채로" 쓴다는 것은 거기 쓰인 언어가 어떤 인식이나 사유를 담아내는 일과는 관계가 없음을 말해준다. 오히려 그가 쓴 것들은 자신의 인식과 사유 너머를 향해 있는 것임이 이때 밝혀지는 것이다. 나아가 "무슨 냄새라 이름 불리기 이전의 냄새"를 쓰려 한다는 것은 "무슨 냄새"라는 이름으로는 다 불리지 못하는 것, 이름 붙이는 순간 이곳을 떠나가버리는 것, 그렇게 영영 붙잡을 수 없는 것에 대해 쓰겠다는 말과 같다. 그러니 그는 어쩌면 인식할 수 없으며 언어에 담길 수 없는 것, 그렇기에 결코 쓸 수 없을 무엇을 쓰려는 자다. 주목할 것은 이러한 '무엇'이 시 속에서 자연스럽게 '그녀'라는 대상으로 옮겨진다는 점이다. 그리고 그는 "그녀의 슬픔에 대하여 혹은 인상에 대하여. 그녀가 흩어지는 방식에 대해서 쓴다". 또 그는 그녀에 대해 "자욱하게 쓰고 있었다". 이처럼 그녀를 쓰는 일 역시 명확하게 정의하고 인식하는 방식으로는 이루어지지 않는다. 이 시는 그녀가 그로서는 영원히 알 수 없을 타자성의 자리에 있다는 것만을 분명히 말해준다.

그러나 신기한 일이다. 이 시는 내내 말해질 수 없는 것, 말하려 하면 빠져나가는 것들에 대해 목소리를 내지만, 그러는 동안 우리는 무언가가 시작되고 있음을 감지하게 되기 때문이다. "시에서 그게 자신일지도 모른다고. 흩어지고 있다고. 그러나 짙어질 거라고" 말하는 그녀 앞에서 그는 "기쁘고 이상" 해한다. "이상하고 습하다"고 말을 한다. 순간 그녀는 사라져버리고 "종이에서 무슨 냄새가 났다"라는 마지막 문장만이 남지만, 그곳에서 우리는 오히려 이름 붙일 수 없기에 분명해지는 것이 있음을 알게 된다. 쓰려 할수록 사라지는 것, 그러므로 무엇이라고 이름 붙일 수 없는 것, "무슨 냄새"와 같은 것, 그것이 연애에 대해 쓸 수 있는 전부라고 이렇게 말을 하는 시도 있다.

나의 자리

빈 뜰을 보았다

뻥 뚫린
주택의 한가운데
빛이 담기고 흰 구름이 담기고
가끔 내가 담겼다

투명한 기둥이
가득 찬 구멍이 될 때

고개를 젖히고 두 눈을 감을 수 있다
가만히

슬픔이 깃든다

내 집엔 함부로 들락거렸지만
내 뜰은 절대 침범할 수 없다고 말할 때

두 손으로 얼굴을 감쌀 수 있다
조용히
웃는 입

해가 떠나고 새가 떠나고
가끔 내가 떠났다

뜰을 비운다

중정의 한가운데
좁고 높은 어항을 하나 놓고서
기다린다 호우를

아가미는 생기지 않았고
젖은 내가 쏟아져 나왔다
가장 사적인 순간에, 가끔

—박세미, 「중정」 전문

    내가 당신의 근원적이고 내밀한 자리를 영원히 모를 수밖에 없는 것이라면, '나'의 자리는 당신에게 무엇으로 남을 수 있을까. 박세미의 이 시는 모든 것이 비워진 자리에 비로소 쏟아지는 것들에 대해 말하는데, 그것들이 무엇보다 '나'와 관련이 있다. 이 시가 가리키는 '나'의 자리란 "빈 뜰"의 자리와 같다. "해가 떠나고 새가 떠나고/가끔 내가 떠"나는 자리, 나조차 사라진 것만 같은 텅 빈 곳이 있다. 그런 곳이란 나를 둘러싸던 모든 것들, 내게 걸쳐 있던 것들과 내가 붙잡고 있던 모두가 빠져나간 곳일 것이다. 그런 텅 빈 자리에서야 우리는 비로소 스스로와 만나게 되는지 모른다. 그리고 이 시에서 '나'는 그러한 "가장 사적인 순간에, 가끔" "젖은" '나'와 만난다. 나만의 슬픔이다. 이렇듯 이 시는 '나'만의 내밀한 영역의 존재에 대해 드러내는 것인데, 중요한 것은 그 영역을 무엇보다 지키고 싶어 한다는 점이다. 집을 들락거리는 가까운 이에게도 슬픔과 고스란히 마주할 수 있는 나만의 '뜰'은 침범받을 수 없는 곳이라고 선을 긋는다.("내 집엔 함부로 들락거렸지만/

내 뜰은 절대 침범할 수 없다고 말할 때") 이때 흥미로운 것은 그럼에도 박세미의 다른 시에서는 당신에게로 빠져드는 일에 거침이 없는 자가 등장한다는 점이다. 「뜻밖의 면」에는 "진흙 속으로 오른발이 쑥 빠질 때/내버려두자/더 깊이 빠뜨리며/기다리자"라며 대담하게 당신에게로 다가가는 자가 있다. 이렇듯 박세미의 시는 '나'만의 자리 역시 지켜져야 하는 것이라고 믿지만, 때로 그것이 지켜지리라는 보장이 없는 당신의 자리로 뛰어든다. 그럼에도 시작되는 것들에 기꺼이 몸을 내주는 자가 거기 있다.

만남은 손금과 같은 것이어서 네가 자라난 가지들과 내가 자란 가지들은 다르게 써진다.

손금 속에 나무가 자란다.
(…)
만남이란 때론 보이지 않던
손금이 어느 날 보일 때
금 간 손바닥을
천천히 맞추어보는 것.

— 정현우, 「손금」 부분

나를 모두 비워 너에게 줄게
아무리 비워도 허전하지 않고
나를 다 받고도 너는
나를 닮진 않지

149

너는 결국 우리의 마지막 페이지를 숨겨놓았지만

우우우우

원숭이들은
밤하늘을 보고 아름다움을 알까
원숭이들은 서로의 목덜미에
불을 가져다 대는 놀라움과 슬픔을 알까

여름밤의 폭죽을 봐
울음이 결국 우주의 먼지가 되는 것을
별들은 폭죽에 눈이 멀어
검은 화약 덩어리가 되었어
너의 목에 떨어진 불덩이를
장마는 처마에서 기다리고

나는 밤새 장마를 받아 적어
넌 내 모든 거야 내 꿈이야
아무리 크게 읽어도
너는 빗소리밖에 듣질 못하고

그래도 상관없지

— 배수연, 「여름의 집—Everything」 부분

    정현우와 배수연의 시 역시 각각의 목소리를 지녔지만, 당신과의 만남에 있어 각자의 고유한 영역과 차이를 전제한다는 점이 공통적이다. 「손금」에서 나와 너의 만남은 "손금과 같은 것"이라고 비유된다. 이 시에서 손금은 "네가 자라난 가지들과 내가 자란 가지들은 다르게 써진" 것으로 말해진다. 그러므로 이때 '손금'이란 이미 가진 채 태어났기에 어쩔 수 없는 것이며 시간 속에서 저만의 방향으로 자라 쓰인 것과 같다. 손금은 '나'의 정체성을 간직하는 장소이자 고유한 삶의 기록인 것이다. 그러니 만남이 손금과 같다는 말은 나와 당신 사이에는 변화시키거나 거스를 수 없는 근본적인 '다름'이 존재한다는 말이기도 하다. 그렇기에 두 사람이 만난다는 것은 서로의 다름을 인정한 채 "손바닥을/천천히 맞추어보는 것", 다른 것들을 맞추려 노력해야 하는 일과도 같다.

「여름의 집—Everything」에는 "나를 모두 비워 너에게 줄게"라고 노래하는 자가 있다. 그러나 '너'는 "나를 다 받고도" "나를 닮진 않"는 자이며, 너를 향한 나의 마음을 아무리 외쳐도 "빗소리밖에 듣질 못하"는 자다. 내가 아무리 모든 것을 너에게 쏟을지라도 네가 나와 같아지는 법은 없으며, 너는 내 사랑의 크기를 다 모를 수도 있음이 이 시에서 밝혀진다. 그렇다면 보낸 만큼의 사랑이 내게 돌아오지 않는 것은 어째서일까. 이는 서로를 향한 마음의 온도 차 때문은 아닐까. 그런 탓인지 이 시에서 연애의 시간은 "서로의 목덜미에/불을 가져다 대는 놀라움과 슬픔"을 수반한다. 중요한 것은 여기 네가 내 모든 것이라고 외치는 사랑의 주체가 너의 모자란 사랑에도 불구하고 "그래도 상관없지"라고 마저 외친다는 사실이다. 쏟아 보낸 마음이 되돌아오지 않아도 상관없는 마음, 그것이 이 시가 외치는 연애의 방식이다. 그리고 이러한 방식의 연애는 '너'라는 존재가 지닌 타자성을 인정하는 데서 가능해지는 것이다.

우리의 자리

너와 만나는 일은 서로의 다름을 맞추려는 노력과 같으며, 어떤 경우 나는 네게 온 마음을 보내고도 바라는 것이 없어야 한다. 그럼에도 나는 네게 다가서기를 멈추지 않는다. 어째서 인가. 너는 대체 내게 무엇으로 오는가.

흙물 흐르는 골목에 엎드리면 네가 사는 지붕까지 기어갈 수 있어 빗속에 숨은 발꿈치를 들을 수 있어 네 몸의 장마 냄새를 맡을 수 있어 소리에서 냄새로, 냄새에서 예감으로, 예감에서 육체로 부글거리는, 오래 참은 말들이 이룬 한낮의 폭우

식물은 빗속에서 동물이 된다 눈으로, 귀로, 셔츠와 속옷으로 흘러드는 비를 마시며, 움직일 수 없는 몸으로 움직이는 뿌리의 수평, 꽃을 잃고 색을 잃은 진딧물들이 소름 돋는데, 몸을 둥글게 꺾으면 뱀과 넝쿨 중 어느 쪽이 더 슬플까

둥근 등뼈와 어깨의 비대칭, 작고 예쁜 젖가슴…… 우리가 뒤엉켰다가 풀어진 자리에 곡선의 시절을 기억하지 못하는 비가 수직으로 내리꽂힌다

얇은 살갗 하나 뚫지 못하면서 너는, 식물의 심장까지 어떻
게 바늘을 밀어 넣은 거니

비가 아파서 우산을 펴는 사람이 있다

—이병철, 「장마 냄새」 부분

우리에게 '비'는 그저 시각으로만 감지되지 않는다. 비는 형
태뿐 아니라 소리와 냄새를 불러오는 것이어서, 비가 오면 우
리의 감각은 일상보다 예민하게 열린다. 그러한 감각의 열림
이 지속되는 '장마'라는 상황에서 우리는 일상으로부터 조금
떠 있는 기분이 들기도 한다. 그렇게 장마는 "소리에서 냄새
로, 냄새에서 예감으로, 예감에서 육체로 부글거리는, 오래 참
은 말들"에게로 화자를 끌어당긴다. 나아가 화자와 포개어 읽
히는 이 시에서의 '식물'은 "육체로 부글거리는" '동물'로 깨
어난다.("식물은 빗속에서 동물이 된다") 식물적 존재가 동물적
존재로 변화하는 것은 잊었던 감각이 되살아난다는 말과 같으
며, 이 시에서 그러한 감각이란 "우리가 뒤엉켰다가 풀어진 자
리"에 관한 것이다. 즉 장마는 화자에게 '너'와 함께했던 육체
적 감각들을 되살려낸다. 그러나 되찾은 '너'와의 감각은 "비
가 아파서 우산을 펴는 사람이 있다"라는 마지막 문장에 도달
하고 만다. 너와의 감각이 아프게 다가오는 것은 결국 그것이
너의 부재함을 상기시키기 때문일 것이다. 그것이 화자로 하
여금 비에게 "식물의 심장까지 어떻게 바늘을 밀어 넣은 거
니"라고 아프게 묻게 만든다. 그렇다면 생각해볼 일이다. 이
시가 일상 속에서 일상적이지 않은 감각을 불러와 다른 시공

을 지을 수 있었던 것은 결국 장마라는 특수함을 넘어 여기에 부재하는 '너'를 생각해온 자가 있어서가 아닐까. 이렇듯 '너'라는 존재는 어떤 경우 지금 여기를 다른 시공으로 전환시켜 버릴 수도 있다.

황유원의 시는 '시'가 이미 주어진 현실을 전환시킬 수 있다고 믿는 듯하다. 「검고 맑은 잠」 같은 시를 보자. 이 시는 '밤(삶)'-'붓(시)'의 관계에 집중하는데, 흥미로운 것은 "그 밤을 묻힌 붓은 이미 붓을 초과하는 무엇"이라는 식의 구절이다. 시를 쓰게 하는 혹은 시가 쓰이는 현장으로서 '밤(삶)'이 자리하며, 그 밤으로부터 출발한 '붓'은 특정한 영역으로 한정되는 것이 아니라 이미 그 자신을 초과해버린다는 말이다. 그렇다면 자신을 초과한다는 것은 어떤 의미일까. 그 붓과 마주치는 다른 누군가 역시 "밤새 그곳을 서성이며 불어오는 바람 속에 서 있게" 된다는 구절이 이와 관련이 있다. 즉 시는 단지 그것을 생성한 시인의 개인적 영역에 머무르지 않으며, 언어로서 무엇을 지시하고 의미하는 데 머무르지도 않는다. 시는 누군가에게 읽히는 순간 읽는 이의 '지금'을 바꾸어버릴 수 있다는 점에서 처음 쓰였던 시 자신을 초과해버리는 것이다. 이렇듯 황유원의 시는 쓰는 일, 나아가 '시'가 삶을 조금이라도 다르게 만들 수 있다고 믿으며 그러한 '초과'들을 보여준다. 그렇다면 시를 쓰는 일은 '너'와 어떤 관련이 있는 걸까.

눈이 내리자 오늘 밤 눈이 온다는 문장이 찍힌
일기예보가 올라와 있었다
예상 적설량은 수시로 변하고 있었다

문장이 현실을 겨우 따라가고 있었다

그것은 거의 예보에서 중계가 되어가고 있었고

나는 네게 전화를 걸려다 말고 잠깐

복도로 나와보라는 문자를 보낸다

너는 이제 창문을 열고

너는 이제 눈 쌓인 복도를 걷는다

현실이 뒤늦게 문장을 뒤따르고 있었다

앞산의 스카이라인이 지워져가고 있었다

내게는 아까부터 내리고 있던 눈이

뒤늦게 네게도 내리고 있었다

—황유원, 「밤눈」 부분

이 시를 읽으면서 우리는 시는 삶으로부터 쓰이는 것인가, 반대로 시가 삶을 다시 쓰이게 하는가를 묻게 된다. 이는 이 시가 '일기예보-날씨'의 관계를 통해 '문장-삶'의 영향 관계에 집중하고 있어서다. 주목할 것은 이 시가 처음에는 "문장이 현실을 겨우 따라가고 있었다"라고 말을 하다가 이제는 "현실이 뒤늦게 문장을 뒤따르고 있었다"라고 말을 바꾸는 지점이다. 반대되는 두 문장이 여기 공존하는 것은 그 둘 사이에 하나의 사건, 즉 "나는 네게 전화를 걸려다 말고 잠깐/복도로 나와보라는 문자를 보낸다"라는 사건이 있어서다. '일기예보-문장-문자'로 이어지는 '쓰기'는 내가 너에게 보낸 '문자' 한 통을 기점으로 "현실을 겨우 따라가"던 것에서 다시 "현실이 뒤늦게 문장을 뒤따르"는 것으로 전환된다. 눈을 맞으며 '너'를 생각하고 너에게 문자를 보내는 이 단순한 사건이 너를 "눈 쌓인 복도"로 불러내고, 그렇게 현실은 이전과 조금 달라진다. 내게만 내리던 눈이 이제 "뒤늦게 네게도 내"리게 된 것이다. 그렇다면 네게 문자를 보내는 일은 더 이상 사소한 사건일 수 없지 않은가. 거기에는 시적인 순간이 깃들어 있고, 그것이 삶을 미세하게 움직인다. 그 미세한 변화를 불러온 '쓰기'의 동인이 다름 아닌 '너'라는 사실을 우리는 기억해야 할 것이다.

그래도, 이 얼어붙은 강을 건너가기

지금까지 읽은 시들에서 우리는 저마다의 방식으로 '당신'과 연애하는 이들을 만났다. 당신에게 결코 도달할 수 없을 것이라고 예감하는 이들이 있었고, 그럼에도 개의치 않고 '너'에게 빠져드는 이들이 존재했다. 또 어떤 이들에게 '당신'이라는 존재는 지금 여기를 다른 시공으로 전환하거나, '쓰기'의 동인이 되어 삶을 다르게 쓰이도록 만들었다. 이제 읽을 시들에는 그렇게 함께하게 된 '우리'의 모습이 담겨 있다.

> 아내가 운다 부족한
> 생활비 때문일까 나는 아내의 손을
> 잡고 어릴 때 얘길 한다
>
> "…친구 집에 놀러 갔었는데, 그 집 카세트에서 만화영화 주제곡들이 흘러나오는 거야. 나는 한참 동안 카세트 앞에 앉아 있었어. 따라 부르기도 하면서 말이야. 딸깍, 음악이 멈추고 나

는 카세트를 열어보았어. 카세트에는 '만화영화'라고 적힌 테
이프가 들어 있었지. 나는 그걸 보고 집으로 뛰어갔어. 심장이
뛰더군, 엄청나게, 마치 마스크맨처럼 말이야. 집에 도착하자
마자 내가 한 일은 카세트테이프에 '만화영화'라고 적은 거야.
그러곤 테이프를 재생했지. 신기하게도 카세트에선…"

아내가 나의 손을 세게 잡는다
저녁엔 어묵을 볶아 먹을까
그럼 우리

언젠가 눈 오는 들판에서
사진 찍자 아무도 없는 들판에서
팔짱 끼고

*

역을 가득 메운 사람들
한 계단
한 계단 오른다

가까워지고 있다

—최지인, 「노력하는 자세」 부분

최지인의 시에서 '아내'는 매우 중요하다. 주로 일상의 사
소한 장면들을 포착하는 그의 시에서, 아내는 화자 곁에 늘 존

재하기 때문이다. 그러나 그의 시에서 삶이란 아내와 함께한다고 해서 충만하거나 기쁨으로 차오르지 않는다. 오히려 삶은 견뎌야 하는 무엇일 때가 많다. 그리고 그러한 견딤의 순간마다 부각되는 것은 '아내'라는 존재다. 그렇다면 함께 견딘다는 것은 어떤 것일까. "아내가 운다 부족한/생활비 때문일까"라고 전하는 이 시에서 역시 삶은 녹록지 않다. 그러나 그 녹록지 않은 순간에 이들이 나누는 대화는 너무도 사소해서 특별해진다. 화자는 '카세트테이프' 이야기를 귀엽게 꺼내고, 아내는 "저녁엔 어묵을 볶아 먹을까"라는 일상적 화두를 꺼내어 거기 답을 한다. 그러자 "언젠가 눈 오는 들판에서/사진 찍자 아무도 없는 들판에서/팔짱 끼고"라는, 소박해서 더욱 낭만적인 약속이 거기 얹힌다. 누군가에게는 어떤 의미도 주지 못할 가벼운 대화가 '나'와 '아내'에게는 삶을 견디게 하는 위안으로 작용하는 셈이다. 이것이 가능한 것은 그 사소한 대화가 그들만이 알아들을 수 있는 언어로 이루어져 있어서일 것이다. 삶을 조망하듯 이 시의 마지막 부분은 사람들이 계단을 오르는 모습을 본다. 우리는 누구나 삶을 견디며 계단을 오르는 중이고, 그럼에도 함께 견딘다는 것은 이런 것이라고, 이 시는 말을 해준다.

그렇다면 삶의 고단함과 슬픔, 고통 속에서 우리에게 가장 중요한 것은 단 한 사람일 뿐이라고 말할 수 있을까. 내가 사랑하고 있으며 나를 사랑하고 있는 단 한 사람과의 유일한 관계, 그것이 전부에 가깝다고 믿어도 될까. 이 질문을 들고 끝으로 홍지호의 시를 읽는다.

사람들이 얼어붙은 강을 건널 때 두 사람은 마주 보고 춤을 추고 있었다. 왈츠는 두 사람이 원을 그리는 춤이다. 두 사람은 원을 그리고 있었다. 미끄러지듯이. 원을 그리다 보면 원을 그리게 되고 서로의 눈동자가 둥글다는 것, 눈동자에 자신이 담겨 있다는 것, 그걸로 충분하다는 것과 비둘기와 세상이 맘에 들지 않아도 나름대로,

　이대로 괜찮다는 것을 알게 되겠지만

　스텝 스텝 스텝

　원을 그리며
　스텝을 밟아도

　앞으로 나가지는

　강을 건너지는 못할 것이다

─ 홍지호, 「왈츠」 부분

　조금씩 따뜻해지는 것 같다고 오늘은 말해주고 싶었는데
　체감온도가 너무 낮았고
　길에서 자는 사람들을 생각하자는 생각으로 돈을 조금 드렸지
　고맙다고 손을 잡아주었는데 손이 까맣고
　힘이 세서 붙잡고 싶었나 보다
　붙잡고 싶었나 보다 생각하면서도 손이 까매서

한참 동안 손을 씻었다 한참을 손을
거울은 못 보겠더라

그때부터 조금 달라졌던 거 같다
계속 거울을 보지 못했던 거 같다

젖어 있어서 손이 시렸어 손이 시린데 나의 손만큼만 손이
시린 거야
추워보자고 좀 추워보자고 발가벗고 바람을 맞아봐도
나는 자꾸 나의 몸만큼만
추운 것이다 자꾸 나의 몸만큼만

그때부터 달라졌던 거 같다

그때부터 너의 추위를 느껴보고 싶었지 그때부터
너의 추위를 느끼고 싶어서
떨면서 자고 있는 너를 안았는데

자꾸만 따뜻해지는 것이다 자꾸
따뜻해지기만

— 홍지호, 「기후」 부분

홍지호의 시에서 우선 특징적인 것은 세계를 미화시키는
법이 없는 비관적인 화자의 존재다. 그가 들려주는 세계는 대
개 '어둠' 속에 있거나 '겨울'의 추위를 견뎌야 하는 곳이다.

겨울은 "어차피라고 명명하는 겨울"이며 "아무리 따뜻하다고 믿어도 겨울은 추운 법"(「유기」)이라고 그는 말하곤 한다. 「왈츠」 역시 "사람들이 얼어붙은 강을 건널 때"라는 정황 속에 있는데, 그 사람들 사이에서 마주 보며 왈츠를 추는 두 사람이 있다. 서로에게 유일한 두 사람이 "그걸로 충분하다"는 듯 '원'이라는 둥근 삶을 그리며 강 위를 누빈다. 상징적인 장면이다. 두 사람이 만드는 원 속에서라면 "세상이 맘에 들지 않아도 나름대로" 괜찮을 것이다. 그러나 이 시는 그러한 방식의 삶이 "얼어붙은 강"이라는 상황 속에서는 사실 충분할 수 없는 것이라고, 이 언 강을 건너지 못한 채 제자리를 맴돌 뿐이라고 차갑게 목소리를 낸다.("그걸로 충분하다는 것과 비둘기와 세상이 맘에 들지 않아도 나름대로,/이대로 괜찮다는 것을 알게 되겠지만", "앞으로 나가지는//강을 건너지는 못할 것이다") 홍지호의 시는 이렇듯 특유의 비관적인 어조로 '너'와 함께함으로써 얻어지는 충만함만으로는 해갈될 수 없는 시대에 우리가 속해 있음을 새삼 의식하게 만든다. 그렇게 이 시는 연애가, 사랑이 전부일 수 없는 시대에서라면 무엇을 할 수 있으며 해야 하는가를 묻는다.

다행히 우리는 「기후」라는 시를 만났다. 이 시에서도 '나'는 여전히 "세상에 확신할 수 있는 것이 얼마나 있겠어"라고, 오늘도 "체감온도가 낮을 거라고" 비관적으로 말한다. 그러나 일련의 사건 이후 '나'는 "그때부터 조금 달라"지기 시작했다고 고백한다. "길에서 자는 사람"에게 적선을 한 '나'는 "고맙다고 손을 잡아주는" "까맣고 힘이" 센 '손'을 오래 잊지 못한다. 나는 그저 단순한 마음으로 돈을 주었을 뿐인데, 내게는 '손'이 돌아왔고 그 손이 품은 온기가 돌아왔다. 그럼에도 그 손은 까맣고 힘이 센 것이어서 나는 "한참 동안 손을 씻었다". 이 경험 이후 '나'에게는 달라지는 것들이 생겨난다. "계속 거울을 보지 못했던" 내가 있으며, "너의 추위를 느껴보고 싶"어 하는 내가 있다. 또 이러한 변화들을 인지하는 내가 있다. 이 추위가 정확히 나만큼의 것이라는 실감이 '나'를 이렇게 달라지게 만들었을 것이다. '나'는 "나의 손만큼만 손이 시린" 것이며, "나는 자꾸 나의 몸만큼만/추운 것"이라는 냉혹한 사실을 인지했을 때, "길에서 자는 사람"의 추위를 생각하는 일은 더 이상 가능할 수 없다. 그 추위를 가늠하지도 못하는 채로 돈을 건네는 일이 정당한지를 '나'는 물어볼 수밖에 없어진다. 그러므로 이제 '나'는 "너의 추위를 느껴보고 싶"어진다. '너'는 아마 '나'와 가장 가까운 사람, 사랑하는 사람일 것이다. 나는 이제 너의 추위를 느껴보려고 너를 안는다. 그러자 당연하고도 놀라운 일이 일어난다. 너를 품에 안자 느껴지는 것은 추위가 아니다. "자꾸만 따뜻해지는 것이다 자꾸/따뜻해지기만".

「기후」에는 '나' 이외의 사람이 둘 있다. '너'와 "길에서 자는 사람". '너'는 나와 가장 가까운 사람이며 나와 사랑을 나누는 사이로 상상할 수 있다. 그러나 '나'는 아마 영원히 '너'의 추위를 알 수 없을 것이다. '나'에게 있어 '너'는 근본적으로 서로의 내밀하고 근원적인 부분을 다 알지 못할 것이라는 점에서 '타자'이다. 그리고 "길에서 자는 사람"은 여기에 약자이며 소외된 자로서의 의미를 더해 '나'에게 '타자'로 불리는 자다. 홍지호의 이 시는 후자의 의미로서의 '타자'에 대해 '우리가 어떻게 대해야 하며 무엇을 달리해야 하는가'라는 질문을 던져둔 뒤, 사랑하는 '너'를 통해 그에 대한 대답을 얻고 있다. 나는 네 추위를 모르며 네가 되어볼 수도 없으며 그러므로 언제나 너를 조금도 알지 못하겠지만, 그래도 나는 너를 안을 수가 있다. 그것이 우리의 온도를 조금은 높여줄 거라고, 이 시는 결국 말하는 것이다. 내내 비관적이던 자가 가까스로 얻어낸 믿음이다.

생각해보면 내가 '연애'를 말하는 이 시들에서 최종적으로 만난 것 역시 '우리'라는 믿음이었다. 그러니 이것만큼은 지켜내야 하는 믿음이겠다고 되뇌어보았다. 앞으로도 자주 많은 일들에 실패하겠지만, 그렇기에 더욱 읽고 쓰고 말해야 할 것이라고도 생각했다. 그렇게 우리는, 그럼에도 얼어붙은 강을 건너가고 있을 것이다.

박세미

마주 앉은 사람이 내게 끝없이 질문을 합니다 대답을 하면 할
수록 내가 지워지는 줄도 모르고

배수연

고국에선 비누 위에 새겨진 단정한 글씨들을 사랑했다.
그 말간 이름을 허공에 불러보면, 아카시아나 오이 향기가 났다.
시는 나를 어디로 데려갈까?
찾아가지 못할 고국의 무덤은 오늘도 저 혼자 쓸쓸할 것이다.

안태운

누구와 함께 걸었나.

이병철

네 입술이 엎지른 적포도주가 되어 바게트 같은 어깨로 스며
들 때, 저 먼 대륙에서는 소년병들이 쓰러지고 벵골호랑이는
질긴 살가죽을 찢으며 피비린내를 음미할 거야. 잠깐이라도
소년병들과 벵골호랑이를 생각해줘. 그러면 내 더벅머리도 떠
오를 테니. 내가 비 갠 붉은 저녁을 바라볼 때, 너는 오전의 싱
그러움 속에서 빨래를 널고 있겠지. 저 노을은 네 침실의 할로
겐 불빛일 것만 같아. 긴 손톱으로 할퀴어놓은 흉터가 따끔거
려. 까마귀가 날아와 내 살을 쪼아 먹기까지 달빛에 몸을 말리
며 여기 서 있고 싶어. 젖은 몸이 날아오를 수 있도록.

정현우

단단한 것들은 모두 부서지고 푸른 잠을 건너면 누군가 문을 열고 서 있을 것 같아

나는 열려 있는 귀들을 만지작거렸다.

하나의 오차 없는 일정한 여백들, 겨울은 점점 깊어지고 구름의 여백은 어디까지일까.

나의 여백은 환하고 무엇도 남기지 않는 겨울. 소리 없이 새가 오듯, 네가 온다.

기도를 타고 오는 잎과 새, 입과 새의 여백이 기울어지면 잎새의 둘레가 어느 골목의 귀퉁이를 닫고, 한쪽 여백을 연다.

남은 여백을 보고 슬퍼지지 않기로 했다.

부러진 눈송이들이 서둘러 여백을 채웠다. 하여금 발걸음 소리가 다시 돌아오듯, 눈이 오는 소리를 또각또각이라 알고 싶었다.

최지인

광장 바깥에도 수많은 마음이 있다는 걸 나는 믿는다.

홍지호

창문 모양으로 재단된 햇빛이 팔에 놓여 있다. 따뜻해진다. 햇빛은 나를 만지고 있지만, 우리는 닿아 있지만 나는 한 번도 도달하지 못했다. 지난날을 생각하면, 쓰게 되면 자꾸 햇빛 같습니다. 자꾸 나를 만져주어서 만지고 싶지만 나는 한 번도 도달한 적 없습니다.

황유원

텅 빈 약실의 고요함 속에
폭설 내린다

화약 냄새가 나지 않는 하루는 어딘가 이상해, 종일 오작동된
시간들

약실 안은 이제 희고 차가운 것들로 가득하다
나는 그것을 잠시 네게로 겨눴다
고개를 젓고는 이내 다시

내 머리로 가져간다

기나긴 겨울 다 가고
눈도 다 그치고

남은 건 오직
텅 빈 약실의 고요함

그래, 사랑이 하고 싶으시다고? ─연애에 관한 여덟 가지 시선

1판 1쇄	2017년 3월 17일
지은이	박세미, 배수연, 안태운, 이병철, 정현우, 최지인, 홍지호, 황유원
책임편집	최고라
표지 디자인	미래물산
본문 디자인	이은경
펴낸이	김태형
펴낸곳	도서출판 제철소
등록	2014년 6월 11일 제2014-000058호
주소	(10082) 경기도 파주시 산남로 195번길 44-29
전화	010-9737-1924
팩스	0303-3444-3469
전자우편	right_season@naver.com
페이스북	facebook.com/from.rightseason

© 박세미, 배수연, 안태운, 이병철, 정현우, 최지인, 홍지호, 황유원 2017

ISBN 979-11-956585-7-2 03810

이 도서의 국립중앙도서관 출판예정도서목록(CIP)은 서지정보유통지원시스템 홈페이지(http://seoji.
go.kr)와 국가자료공동목록시스템(http://www.nl.go.kr/kolisnet)에서 이용하실 수 있습니다.
(CIP제어번호: CIP2017005846)

한국예술창작아카데미는 35세 이하 신진 예술가가 참여하는 연구 및 작품 창작 과정입니다. 2016년
한국예술창작아카데미 문학 분야는 시인 8인과 소설가 6인, 아동문학가 1인을 선정하였으며, 이 책은
한국문화예술위원회의 지원으로 제작된 시인 8인의 작품집입니다.